エンターテインメントという薬

―光を失う少年にゲームクリエイターが届けたもの―

松山洋

装丁イラスト／星樹
（サイバーコネクトツー）

もくじ

本文中の注釈(＊)は、125〜127ページに掲載しています。

はじめに

あなたに質問です。

これからあなたは目が見えなくなります。そうです。何も見えません。きっちり猶予は3週間。そう、3週間後にあなたは目がまったく見えなくなるのです。親しい友人の顔も、大好きな家族の顔も、何も見えなくなってしまいます。

さあ、残された時間で、あなたは何を見たいですか？

たとえばこんなことを聞かれたとして、あなたはどう考えますか？　もし、本当に3週間後に目が見えなくなるとしたら。

美しい景色を見る？　まだ行ったことのない場所、海や山。川や花だっていいですね。オーロラを見に行くなんてのも素敵です。いや、やっぱり大切な家族の顔を目に焼きつけておきたい気持ちもあるでしょうか。親や兄弟、すごく仲のいい友人にも会いたいし、残された時間を愛する恋人と一緒に過ごすのもいいですね。

うーん、男の子だったら**おっぱい**なんて言う人もいるかもしれません。3週間なんてあっという間ですからね。あれもこれもしたくなるし、見ておきたいですね！

失礼、これは私の意見です。私が〝もし3週間後に目が見えなくなるとしたら、どうしますか？〟と聞かれたときに考えたことです。**率直に〝3週間じゃ全然足りない！　というか、目が見えなくなるのは嫌だ！　絶対に無理！　耳が聞こえないとか口がきけないのもつらいけど、目が見えないことがいちばん怖い！〟**とも考えました。

けどそんな、**〝絶対に嫌！〟とか〝無理！〟とか関係なしに**。実際にこの過酷な運命を背負ってしまった少年がいます。ある日、突然に、過酷で無慈悲な運命を突きつけられてしまったのです。

「3週間後に手術をして眼球を摘出します。その後は全盲者となります。残された時間を有意義に使ってください」

少年は医者からそう宣告され、考えました。そして、〝3週間で何をしたい？〟と聞かれて、こう答えたのです。

「あるゲームソフトを遊びたい」

これは、3週間後に全盲になる手術を控えた少年が、光ある世界で最後に望んだ物語。10年前に私がその少年と出会い、10年経ったいま、当時のことを改めて取材してわかった真実の記し。時を経て初めて知る真実に私自身も驚愕し、10年ぶりに涙を流しました。うれしくて、震えて、驚いて、悔しくて。そして、感動して出てきた涙です。ひとりでも多くの人にこの感動を伝えたくて、本書を執筆することを決めました。

私の本業はゲームクリエイター。株式会社サイバーコネクトツーというゲーム開発会社の代表取締役兼ディレクターを務めています。本社は福岡にあって、会社設立から20年以上が経ちました。ゲームを作る仕事って聞くと、最近ではスマホ（スマートフォン）で遊べるアプリゲームを思い浮かべる人が多いかもしれませんが。うちでは家庭用ゲームソフトをおもに開発しています。昔で言うとファミコン。いまだとニンテンドー3DSやプレイステーション4などで遊べるゲームソフトのことですね。これまで、いろいろなゲームソフトを作ってきました。

有名なところでは、原作の少年漫画を題材にした『NARUTO－ナルト－』や『ジョジョの奇妙な冒険』のゲームソフト。ゲーム業界の基本情報として説明しておくと、我々サイバーコネクトツーのようにゲームソフトの企画・開発を行う会社は〝ディベロッパー〟といい、そのゲームソフトを製造・販売するのは〝パブリッシャー〟です。サイバーコネクトツーが開発した『ナルト』や『ジョジョ』のゲームソフトは、いずれもパブリッシャーであるバンダイナムコエンターテインメントから発売されています。

それ以外にも、オリジナルのゲームソフトを数多く企画・開発しているのですが、そんなオリジナル作品のひとつが『.hack//G.U.』（＊01）。**この作品こそが、本書で紹介する10年前に手術を控えた少年が〝遊びたい〟と言ってくれたゲームです。**

『.hack//G.U.』はいまから10年前、2006年から2007年にかけて全3巻構成でプレイステーション2専用ソフトとして発売されました。企画・開発を行ったのはサイバーコネクトツーで、発売元はバンダイナムコゲームス（これは当時の社名で、現在は株式会社バンダイナムコエンターテインメントとなっています)。当時は、このように全3巻構成という作品は珍しいものでした。2006年5月にシリーズ第1作目である『.hack//G.U. Vol.1 再誕』、4ヵ月後の9月に『.hack//G.U. Vol.2 君想フ声』、そして、翌年の2007年1月に完結作となる『.hack//G.U. Vol.3 歩くような速さで』と、3タイトルを順次発売していったのです。

少年との出会いは、この『.hack//G.U.』が発売・展開されていた2006年のこと。我々が作ったゲームソフトがどのようにその少年と出会い、数奇な運命に導かれていくのか。時を遡り、順序立ててわかりやすくお伝えしていこうと思います。

では、物語のはじまりです。開幕ベルが鳴りますよ。

第1章【10年前に起きた奇跡】

✚それは突然の電話から始まった

2006年12月23日 土曜日

いまから10年前――1本の電話が私の携帯にかかってきた。

携帯画面に表示された名前を見ると、バンダイナムコゲームス（現バンダイナムコエンターテインメント）の**今西智明**（いまにしともあき）。うん、今西さんだ。ゲームソフトをプロデュースする部署の偉い人だ。土曜日に電話をかけてくるなんて珍しいな。そう、思いながら電話に出る。

「はい、松山です。どーしました？」

電話の向こうでは、なかなか焦った感じの今西さん。

「ま、松山さん、い、いま、電話いい？」

うーん、なんだ？ この焦りっぷりは。現在開発中のゲームソフトは先日無事にマスターアップ（完成）を迎えて、あとは発売を待つばかり、という状態のはずだ。プロモーションで何か問題でもあったか？ 相手の焦る様子から〝**よくないパターン**〟の話なんだろうな、と想像していると、今西さんが言葉をつないだ。

「松山さんって、週明けの月曜日の午後って、どこで何してる感じ？」

うん、用件じゃない。都合の確認だけだ。まだ話が見えてこない。

「えーっと、どうだっけな。月曜日？ 博多で普通に仕事しているんじゃないかな。会社に戻ってスケジュール確認しないと確かなことはわからないですけど。あの、今西さん？ どうしました？ 何があったんですか？」

そう尋ねると、今西さんは私に今度は要望だけを伝えてきた。

「月曜日。**国立がんセンター**に行ってほしい」

ちょっと固まった。**完全に想定外の〝要望〟だった。**自分の人生でそんなリクエストをされる想定はなかった。それにまだ、今西さんが何を言いたいのか、何が起きたのかまったく見えてこない。

〝国立がんセンター？　って？　どこにあるの？　東京？〟

「えっと……」と戸惑っていると、今西さんのほうから話を続けてくれた。

「松山さん、いまって時間大丈夫？　ちょっと説明していい？」

私はそのとき、ちょうど駐車場に車を停めて移動しようかというところだったので、まあ、時間は大丈夫。それ以上に、今西さんが伝えようとしている話の内容のほうが気になって仕方がない。「ええ、大丈夫です。どうぞ」とうながすと、今西さんは焦りながらも一気に事態を説明してくれた。

このとき。正確には2006年12月23日土曜日の午後。私は会社のある福岡県福岡市の駐車場で、携帯電話を片手におよそ30分間話を聞いた。要約すると――。

前日12月22日金曜日、バンダイナムコゲームスの広報窓口に1本のメールが届いた。差出人は、**〝がんの子どもを守る会〟**（＊02）という団体のソーシャルワーカー、**樋口明子**（ひぐちあきこ）さん。メールに書かれていたのは、樋口さんが担当している**ある少年**（当時21歳）の話だった。

少年は、不幸にも1歳で眼球に**〝網膜芽細胞腫〟**（もうまくがさいぼうしゅ）（という小児がんの一種）を発症して**右目を摘出**、小学校・中学校・高校と片目（左目）だけで過ごしてきた。ところが、19歳になって左目にもがんが再発してしまった。それから2年ほど治療を続けてきたが、ここにいたってやむを得ず、残る左目も摘出することが決まった。**手術の日は、2007年1月9日。**約3週間後だ。残された3週間をどう過ごしたいか少年に尋ねたところ、**「あるゲームソフトを遊びたい！」**と言う。調べてみると、そのゲームソフトの発売日は**2007年1月18日。**手術が終わったあとだ。こんなことをゲームメーカーにお願いするのは非常識で不躾なのかもしれないが、それを承知のうえでなんとかお願いしたい。私にはゲーム業界のことはわからないし、メーカーの事情もわからない。けれど、もし、発売前のいまの時点でゲームが完成していて遊べる状態にあるのであれば。少しでもいいから、彼に遊ばせてあげてほしい。もし、完成していなかったとしても。少しでも何か見せてあげられないものだろうか。ほんのわずかでもいいので。

「今西さん、もういいです」

ここまで話を聞いた時点で、私は今西さんの話を遮った。すべてを理解した。

「話はわかったのでもういいです。**月曜日の何時にどこへ行けばいいのか**だけを言ってください。私の月曜日の予定は、正確には会社に戻らないとわかりませんが。どんな予定が入っていようとすべて変更キャンセルして、今西さんに言われた場所に伺いますよ。**その少年に、会いに行きます**」

そう伝えると、今西さんは「**松山さんなら、そう言ってくれると思ってたよ。ありがとう**」と言って電話を切った。その後、メールで時間と場所の指示が届いた。

冷静を装ってはいたものの、そのときの私の手は震えていました。3週間後に手術？　それで目が見えなくなる？　あまりにも突然の話。あまりにも過酷な内容。悲しみと苦しみが入り混じる感情に揺さぶられつつも。胸の中には熱いものがこみ上げていたのです。その少年は、**「遊びたい！」**と言ってくれた。3週間後に手術を控えた〝**いま**〟、**遊びたい**と言ってくれたのだ！

そのゲームソフトこそが、我々が開発した『.hack//G.U.』だ。２００６年５月に『.hack//G.U. Vol.1 再誕』、同９月に『.hack//G.U. Vol.2 君想フ声』を発売し、**来たる２００７年１月18日には満を持して、完結作である『.hack//G.U. Vol.3 歩くような速さで』を出そうとしている。**きっとその少年は『Vol.1』と『Vol.2』を遊んでくれたのだろう。そして、続きを楽しみにしてくれている。けれど、発売日は手術の９日後。このままでは間に合わない。**このままでは――。**

いや、この願いを叶えてあげられずに何がクリエイターだろう。何がエンターテインメントだ。その少年のためにしてあげられることがあるのなら、**すべてやろう。**私はそう考えました。

●『.hack//G.U. Vol.3 歩くような速さで』

✚少年に会いに行く

その後、すぐに電話をかけました。相手はバンダイナムコゲームスの『.hack//G.U.』担当プロデューサーである**中田理生**（なかたりお）、通称**リオP**。『.hack//G.U.』のゲーム開発において我々と一緒にさまざまな仕掛けやプロモーション施策などに尽力してくれていた、『.hack』シリーズ3代目のプロデューサーです。彼と相談して、まずは月曜日に誰が少年に会いに行くかを決めました。リオPは過去のトラウマから国立がんセンターには近づけない(?)という話で。また、大人数で行くのはよくないだろうと判断し、私と**内山大輔**（うちやまだいすけ）のふたりで行くことになりました。

内山大輔は『.hack』シリーズの初代プロデューサー。旧バンダイ時代に、我々サイバーコネクトツーと最初に『.hack』を立ち上げたプロデューサーということもあって、最新作を発表するたびに私と一緒に発表会やイベントに駆り出される、ある意味バンダイナムコの名物プロデューサーでもあります。『.hack//G.U.』は当時、毎週ラジオ番組を放送していたのですが、そこでもよく私と一緒にゲスト出演していました。**私はリスナーから〝ぴろし社長〟、内山大輔は〝うっちー〟という愛称で呼ばれたりしていたのです。**

少年に会いに行くのは私と内山大輔のふたりと決まり、次に考えたのは当日持参するもの。ひとつはもちろん、ゲームソフトです。じつは、ゲームソフトはすでに完成していました。そう、我々の業界では発売予定日の2ヵ月前、遅くとも1ヵ月前には完成しているものなのです。このとき、『.hack//G.U. Vol.3 歩くような速さで』は**プルーフディスク**もできあがっていました。

プルーフディスクというのは、簡単にいうと工場でディスクを生産するまえの試し焼きみたいなもののこと。通常、開発中のゲームソフトは特別な開発機を使用しないとディスクが再生されない。けれど、工場で実際に作ったプルーフディスクであれば、市販のプレイステーション2で遊ぶことができるのです。これを持参すればいい。ただ、手元にあるのはこのプルーフディスクだけで、パッケージに入れるジャケットやマニュアル(取扱説明書)などはありません。このタイミングでは、工場で印刷されるまえだったのです。そこで、手元に届いていた最終確認用の印刷物(色校)をハサミで切り取って製本し、ありもののケースにジャケットとマニュアルをはめ込んで、それらしくパッケージを自作。同じく店頭用として印刷準備が進んでいたポスターも、色校をハサミで切って持っていくことにしました。

それから、私は東京に飛んで**文化放送**へと向かいました。リオPと内山大輔とともに、3人で。どうやら少年は『.hack//G.U.』にドはまりして、しっかりラジオ番組まで楽しんでくれているようでした。それならばと、ラジオのプロデューサーに事情を説明し、パーソナリティーのふたりにも協力してもらって**特別なラジオ番組の収録**を行ったのです。

その番組は、文化放送で毎週放送していた『.hack//G.U.RADIO ハセヲセット』。毎週日曜日の深夜に、パーソナリティーで声優の**櫻井孝宏**(さくらいたかひろ)さんと**榎本温子**(えのもとあつこ)さんがさまざまなゲストとともに『.hack//G.U.』の最新情報などを楽しく紹介する番組です。櫻井さんも榎本さんも事情を理解してくれて快諾いただき、その場で特別番組の収録を行うことができました。そうして、世界でたったひとりのリスナーのために作られた特別番組を収録したCDを持って、少年に会いに行くことになったのです。

2006年12月25日、月曜日の午後。

私と内山大輔は、〝がんの子どもを守る会〟の施設の前にいました。当初は国立がんセンターに訪問予定でしたが、場所が変更になったのです(なお、同行したリオPは駅の近くの喫茶店で待っている、と)。少年と会うにあたって内山大輔と決めたことは、**〝悲しい空気にならないように努めよう。なるべく明るく、これから手術をする少年に精一杯応援の気持ちを伝えよう〟**

ということ。そのとおりだ。とにかく応援するんだ。くしくも今日は、クリスマス。最高のクリスマスプレゼントにしよう！　よし、行こう。

施設の1階で、まずはソーシャルワーカーの樋口さんにお会いし、挨拶しました。バンダイナムコゲームスにメールをくれた人です。「発売前のゲームソフトを遊ばせてあげてほしい！」と伝えてくれた人。樋口さんはとても明るい女性で、感じのいい方でした。彼女が言うことには、「じつは、本人には今日おふたりが来ることを伝えていないんです。サプライズにさせていただきましたので、どうぞ喜ばせてあげてください」と！　なるほど、上等だ。しっかり喜ばせて、そのサプライズを成功させてみせよう。我々はエレベーターで4階へと上がり、コミュニケーションフロアで初めて、当の本人である少年と対面したのでした。

少年の名前は、**藤原（ふじわら）ヒロシ**くん。このとき21歳。

コミュニケーションフロアには何人も子どもたちがいて幼い子もいましたが、ヒロシくんはなかでも大きいほうでした。「はじめまして」と声をかけると、最初はキョトンとしていたものの、すぐに大きく驚き、喜んでくれました。まずはサプライズ成功！　そして、樋口さんから連絡を受けて文字どおり飛んできたことを説明し、彼が遊びたいと言ってくれた発売前のゲームソフトを手渡したのです。ヒロシくんは本当に感激して、興奮して、大喜び。私はヒロシくんにゲーム攻略のためのアドバイスを伝えました。

「このゲームはね、知ってのとおり『.hack//G.U.』の完結作だからね。かなり壮大な作りになってるんだ。その『Vol.3』をこれからプレイしてもらうけど、1回エンディングを見たからって油断しちゃだめだよ？　じつはこの作品はトリプルエンディングといって、3段階のエンディングがあるんだ。1回終わってもそのあとにまだ続きがある。で、2回目のエンディングを見てもさらにその先があるんだ。本当の結末を見届けるためには、100階層の隠しダンジョンだって攻略しなきゃいけない。なかなか難易度も高いけど、ヒロシくんに攻略できるかな？」

やや煽るように言うと、ヒロシくんはニヤリとしながら**「頑張ります!!」**と元気に答えてくれました。

滞在時間はおよそ1時間ちょっと。詳しい話はあまり聞かず、とにかくゲームの楽しい話ばかりをしていました。内山大輔も横でちょうどいい冗談を交え、ふざけあって開発秘話を語ったり、持参した特別収録ラジオのCDを聞いてもらったり。

最後に、ヒロシくんのお母さんに挨拶することもできました。じつは、ヒロシくんと対面に座って話をしながらも、後方の壁際に立つ女性がずっと泣いているのが気になっていたのです。見るとこっちまで涙が出そうになって、なるべく目に入らないようにしていたのですが……。直観的に思ったとおり、やはりその女性がヒロシくんのお母さんでした。軽く話を聞くと、治療のためにヒロシくんとその弟と一緒に北海道から国立がんセンターに来ていて、滞在中は宿泊ができる〝がんの子どもを守る会〟の施設にいるとのことでした。**お母さんの印象は、21歳の息子がいるわりには随分若いな、という感じ。**私とあまり変わらないくらいの年齢？　いや、それだと計算が合わないか、ずいぶんと若い印象のお母さんだな、と思っていました。このときは。

フロアから出ようとしたとき、すでにヒロシくんは弟や周りの子どもたちと一緒にテレビの前に集まって、早速ゲームソフトを遊び始めていました。時間もないし、邪魔するわけにはいかないな……。私たちはサッと施設を出て、その後すぐに内山大輔とも別れたのでした。

✚帰りの電車の中で流した涙

駅で待っていたリオPと合流後、地下鉄で横並びに座りながら施設の中でのことを報告しました。ひととおり話し終えると、リオPは**「今回の件は松山さんに頼りっぱなしで申し訳ない」**なんてことを言い出す。??　いや、一緒にいろいろと準備したんだから。頼りっぱなしってことはないんじゃない？

そう言うと、**「じつは学生時代、友人をがんで亡くしていて、そのときに国立がんセンターには何度も通ったことがあって。それ以来、ビルに近づくことも苦しくて……」**と告白してくれたのです。

なるほど。そういう事情だったのか。まあ、けどそこは、私と内山大輔で役目は果たせたんだからいいんじゃない？

「あんま気にすんなよ」と伝えると、リオPは改まって今回のヒロシくんのことについて語り始めました。

「松山さん自身も僕も、この3日間とにかくヒロシくんのためにできることを！って感じで、それ以外考える暇もなく準備でバタバタしてあまり話してこなかったけど。改めて言うとさ、ヒ

ロシくんの境遇を自分に置き換えると正直ゾッとするよ。残された3週間で何を見たい？　何をしたい？　考えただけでも恐ろしい。**ハッキリ言うけど。僕は絶対にゲームソフトなんか選ばないよ**。バンダイナムコゲームスの人間としては失格かもしれないけれど。絶対にゲームソフトなんか選ばない。もっと別のものを選ぶよ。

いい？　松山さん。今回のこれは、特殊で特別なこと。だって、世の中にはもっと美しいもの、素敵なこと、いっぱいあるんだよ？　きれいな景色や美しい空、雲、海、川、山、夕日、朝日、満天の星空……。もっともっと見るべきもの、見たいものはあるはずなんだよ！　それをさあ、よりにもよって我々が作ったゲームソフトを選ぶなんて。**『マリオ』でも『ゼルダ』でも『FF』でも『ドラクエ』でもなくさ、『.hack//G.U.』って！　松山さん、これはね、〝日本ゲーム大賞〟を獲るよりもすごいことだよ？」**

揺れる地下鉄の中で。私のすぐ隣で。リオPが熱く語りました。

〝日本ゲーム大賞〟というのは、1年間で発売されたゲームソフトの中から、その年の優秀作品を投票で決めるゲーム業界では有名な賞。じつは過去、2002年に『.hack//G.U.』の前シリーズである『.hack//感染拡大 Vol.1』というゲームソフトで、優秀賞をいただいたことがあります。正直に言うと、この年は『.hack//G.U.』でまた〝日本ゲーム大賞〟に入賞させたい！と思っていたのです。前シリーズに続いて、〝評価されたい！　同じように優秀賞を取りたい！〟と。けれど、残念ながら入賞は果たせず。ひそかにすごく悔しがっていたことを見透かされていて、リオPはあえてそういう言いかたをしたのでした。

「わーかってるよ、リオP、そんなこと」

そうひと言だけ返して、私はそっぽを向きました。隣にいるリオPには顔を見られないように。なぜなら、私の目からはすでに大粒の涙があふれていたから。それから目的地の駅まで、お互いに無言のままでした。

✚会社に戻ってスタッフに話す

この年、2006年の年末はカレンダー上、サイバーコネクトツーの年末休暇が始まっており、スタッフの多くはすでに実家に帰っていて会社には誰もいませんでした。当時のサイバーコネクトツーの全社員は、およそ120名。福岡に戻ると、私は緊急時などに使用する連絡網を使って全スタッフに通達をしました。

「新年出社初日である2007年1月5日は、全体朝礼のときに私から大事な話の共有があります。全スタッフ必ず出社すること。遅刻厳禁!!」

そう伝えて、新年を迎えました。

1月5日の全体朝礼は、通達のとおり誰も欠けることなく全社員が揃っていました。その朝礼の中で、年末に起きたヒロシくんのこと、バンダイナムコゲームスの人々や文化放送や櫻井さん＆榎本さんと行動したこと、起きたことの一部始終を全員に説明したのです。

私にはスタッフ全員にどうしても伝えたいことがありました。それは、この年末にバンダイナムコゲームスから連絡をもらったときから考えていたこと。ヒロシくんに会いに行ったときも、帰りの電車の中でリオPと話をしていたときにも考えていたことでした。

我々がやっているゲームソフトを作るという仕事は、タイトルによっては3年以上の長い時間をかけることもあります。その間、我々はたくさんのことを考え、そして悩みます。つねに考えているのは、時代とともに変化する娯楽のありかた。遊びかたの流行だったり技術的なトレンドだったり、時流の変化に柔軟に対応しようと日々考えています。

そんな中で、じつは多くの開発者が陥る悩みが、**〝我々がやっていることは本当に意味があるのか？　ゲームソフトなんて誰も欲していないのではないか？〟**というもの。意外に思えるかもしれませんが、クリエイターだって人間です。悩んでいるときは心も弱くなりがちで、自分たちがやっている行為そのものに疑念を抱いたり、自信がなくなったりもするものなのです。

私はスタッフにこう伝えました。

「確かに俺らがやってる仕事ってさ、必ずしも世の中に必要とされているとは限らないよね。人間が生きていくために必要なものを考えたとき、ゲームソフトがいちばんに思い浮かぶわけじゃない。そりゃそうだよね。みんなだってそうでしょ。人間、生きていくために必要なものは、まずは食べ物、飲み物。そして、着る服や靴。あと、家やお風呂。寝る布団だって必要だね。その次は生活をさらに豊かにするものかな。冷蔵庫や洗濯機、テレビに暖房器具にクーラーや掃除機。そこから先が自動車や時計といった趣味性の高いものかな。我々がやっている仕事はエンターテインメントであって、それら生活に必要なものがすべて揃っていたうえでさらに求められる、いわゆる**娯楽**ってやつなんだよね。娯楽っていうものは生きていくために必ずしも必要なわけじゃあない。なくたって生きていけるのかもしれない。ずっと作品を作り続けているとたまに虚しくなって、自分たちがやっていることって世の中の役に立っているのかな？　本当に意味なんかあるのかな？　なんて悩むこともあるよね。

答えを言おう。

意味はあるんだよ。俺らがやっているこの仕事は、この〝エンターテインメント〟ってやつは、やっぱり意味があるんだよ。俺らが日々こうやって悩んで、苦しんで、ものを作っている日々の果てに、完成した作品そのものを楽しみに待っていてくれる人が必ずいる。今回は縁があって、ヒロシくんと知り合うことができたわけだけど。**きっとヒロシくんのような子はひとりじゃあない。**俺らが知らないだけで、きっとたくさんいるはずだよ。名前も顔も知らない人たちかもしれないけど。そういう人たちの勇気や希望になっているんだよ。今回、ヒロシくんに選んで、求めてもらった『.hack//G.U.』というゲームソフトを作って本当によかった。俺は心からそう思うし、一緒に作ったみんなのことを心から誇りに思う」

正直に言うと、私自身も泣きながら話していたので、こんなにスムーズなセリフにはなっていませんでしたが。聞いているスタッフも涙ながらに聞いていたので、まあ、あいことということで。ヒロシくんが手術を受ける1月9日よりもまえに、どうしても全スタッフに伝えて共有したかったのです。きちんと伝えることができて本当によかった。

それから、手術のまえに1度、手術のあとにも1度、ヒロシくんに会いに行きました。**ゲームソフトに関しては、ちゃんと最後まで遊んでくれて、しっかりとトリプルエンディングも確認してくれていました。**術後、全盲になったあとも、ヒロシくんはにっこり笑ってゲームの感想を語ってくれました。

その後、経過を見て北海道に帰ると聞いたので、お互いの連絡先を交換しました。携帯の電話番号とメールアドレス。そのときに知ったのですが、携帯電話には全盲者の方や視力の弱った高齢者のための機種があるのです。ボタンに突起がついていて点字のような役割をしてくれたり、ボタンを押すたびに数字や文字を音声で読み上げてくれる機能があったり。

ヒロシくんが北海道に戻ったあとも、交流は続きました。後日、メールで教えてもらった**本人のブログ**。ヒロシくんは全盲ながらも、その携帯の機能を使ってブログを書いていたのです。北海道に戻ってからの生活は、ブログに更新される日記から知ることができました。ブログにはプロフィール欄があり、自身が全盲者であることや趣味なんかも書いてあったのですが。ある項目を見て、私はにっこり照れる。

【尊敬する人】ぴろし社長

これが10年前の出来事。２００６年から２００７年にかけて、バンダイナムコゲームスから発売されたプレイステーション２専用ゲームソフト『.hack//G.U.』と、その企画・開発を行ったサイバーコネクトツーと私が経験したことのあらまし。１本のゲームソフトとある少年の物語。

しかし、この物語には**続き**があって。この当時のこともその後のことも、10年経ってわかった**新たな真実**があったのです。

私はこの物語のすべてを知っていたようで、じつはその裏で起きていたことも物語につながる過去も、なんにもわかってはいなかったのでした。

●左から著者、藤原ヒロシくん、内山大輔プロデューサー（2006年12月25日撮影）。

第2章 【10年目の再会】

✚動き出す新プロジェクト

ヒロシくんとの出会いから数年が経ちました。

我々サイバーコネクトツーはその間も、たくさんのゲームソフトを開発しました。ただ、『.hack』シリーズに関しては、2010年に発売された『.hack//Link』を最後に家庭用ゲームとしては展開がなされていないままでした。

正確には、2012年に劇場用3Dアニメーション『ドットハック セカイの向こうに』という映画作品を全国公開し、その後、同作品をブルーレイディスクにした『ドットハック セカイの向こうに+Versus Hybrid Pack』を発売。また、スマホのアプリゲームで『ギルティドラゴン 罪竜と八つの呪い』と『.hack//New World』という作品をそれぞれ展開していたのですが、どちらも現在はサービス終了しています。

そして、時は流れて——2015年。

バンダイナムコゲームスがバンダイナムコエンターテインメントへと社名変更したその年の秋

に。我々はある企画を立ち上げました。

その名は、『.hack//G.U. Last Recode』（＊03）**。**２００６年～２００７年にプレイステーション２専用ゲームソフトとして全３巻で発売した『.hack//G.U.』をプレイステーション４のゲームソフトとしてＨＤリマスター化するプロジェクト。ただし、これはただのＨＤリマスター作品じゃあない。過去の全3巻に加えて、**〝その後〟を描いた『Vol.4』を新たに追加して作る**という内容でした。

もちろん、『.hack//G.U.』は全3巻で物語が完結している。しかし、もし、その後の世界があるとしたら？　それを新作エピソードとして追加して。２年後の２０１７年に、プレイステーション４のゲームソフトとして発売できれば、きっとファンは喜んでくれる。

２０１７年という年は、２００２年から始まった『.hack//』シリーズ全４巻の１作目である『.hack//感染拡大 Vol.1』の発売から**15周年**。そして、『.hack//G.U.』が完結した２００７年から**10周年**。そう、２０１７年という年は、『.hack』プロジェクトにとって15周年&10周年という記念すべき年なのです。しかも、『.hack//G.U.』の舞台設定としての時代も、なんと２０１７年。この記念すべき年に、『.hack』シリーズの中でも最もドラマの熱量が高い『.hack//G.U.』こそをＨＤリマスターとして、完全な新作として、改めてお客様に提案しよう！　そういう主旨の企画でした。

ほどなくしてバンダイナムコエンターテインメント内でのタイトル審査が行われ、担当プロデューサーの情熱&尽力もあって、『.hack//G.U. Last Recode』を開発することが正式に決定しました。発売予定日はもちろん、2017年。開発スタッフも記念すべき15周年&10周年に向けて喜んで開発をスタートしました。それから1年半ほどの開発期間を通して、よりよい作品として仕上げるべくさまざまな改良・改善を続け、新しいエピソードである『Vol.4』の開発も進めてきました。久しぶりの『.hack』のゲーム開発ということもあって、スタッフも私もノリに乗っていたのです。

しかし、同時に、ずっと気になっていることがありました。

それはやはり、ヒロシくんのこと。この『.hack//G.U. Last Recode』という企画を立ち上げたときからずっと。新作エピソードである『Vol.4』の脚本を練っている最中も、新システムを構築しているときも、ずっと気になっていたのです。

〝HDリマスター作品とはいえ、新作エピソードの『Vol.4』が作られること。『Vol.3』のあのあとの世界があって、今回の作品でそれが語られること。あのとき遊んでもらって一度完結したはずの世界には、語られることのなかった最後の物語が存在するということ。これはどこかのタイミングで、キチンとヒロシくんに報告しなくちゃいけない。いまとなってはもちろん、見て楽しむことはできないし、あれから随分と時間が経ってヒロシくんもいまやだいぶ大人だし、あのときと同じようにゲームソフトを楽しむような環境であるはずもないだろうけど。それでも、どこかでヒロシくんには伝えないとなぁ〟

そう思っていたのです。そう思っていたのですが、開発をする日々は忙しく、あっという間に時が過ぎて**2017年に**。

いよいよ、〝『.hack』シリーズ15周年記念タイトル〟として『.hack//G.U. Last Recode』を発表・発売する年がやってきたのです。けれど、ヒロシくんにはまだ報告できていません。それもそのはず。あのとき、2007年に教えてもらったヒロシくんの携帯電話の番号もメールアドレスも、**あるときからつながらなくなっていたのです**。ヒロシくんが書いていたブログもなくなっていました。まあ、あれから10年が経っているわけですから。携帯の番号だって変わったのかもしれません。ヒロシくんの人生がその後どうなって、いまどこで何をしているのか、私にはうかがい知ることもできませんでした。

しかし、そうこうしているうちに2017年は来てしまったのです。

“なんとかして発表前にヒロシくんに連絡を取りたいなあ”

そうして、私はヒロシくんに連絡を取るための方法を真剣に模索し始めました。

●『.hack//G.U. Last Recode』

✚再びヒロシくんに会いたい

2017年になってもう一度、ヒロシくんのかつての携帯電話に電話をしてみました。が、**〝この番号は現在使われておりません〟**というお決まりのメッセージが流れてくるだけ。メールアドレスにメールを送ってみるも、やはり**エラーメッセージ**が返ってくる。

さて、どうしよう。

この世の中で、連絡先がわからなくなったひとりの人間を見つけ出し、再び連絡を取ることは可能なのでしょうか。

私は**ネット**を使い、ヒロシくんの名前を検索してみました。すると、**6万件**以上の候補が出てきました。そりゃそうだ。同姓同名だけでもたくさんいるに決まっている。ひょっとしたら、と思い、ヒロシくんの名前と一緒に出身地である**〝北海道〟**と入れて検索。するとどういうわけか、候補が**24万件**に増加。こりゃ、だめだ。

そこで、記憶を頼りに当時聞いたヒロシくんの病名を名前と一緒に検索してみました。

網膜芽細胞腫

ヒロシくんが目を摘出して全盲者になった小児がんの一種。この病名だけは忘れられない。
もし、ヒロシくんのその後の人生で。全盲者としていまもどこかで生活しているのであれば、ひょっとしたらなんらかのメディアが報道していることもあるんじゃあないか？　そう考えたのです。

すると。ヒットしました。

記事名は、『命見つめる　全盲夫婦の子育て』。

2015年の読売新聞の記事でした。その記事は数回にわたってシリーズで掲載されたもので、記事名のとおり、ヒロシくんは現在、**結婚してなんと子どもも授かっていたのです！**
私はすべての記事に目を通し、そこに掲載されていた写真を見て確信しました。

〝ヒロシくんだ。見つけた！〟

奥様と娘さんと一緒に写っているその男性は、間違いなくヒロシくんでした。記事の中には名前もしっかりと記載されていました。しかも、その読売新聞の記事をよく見てみると、【宮城版】の文字が……。まさかの宮城県!?　いまは北海道ではなく、宮城県にいるということ。まぁ、あれから10年も経っているし。ましてや結婚して子どももいるとなれば、引っ越しもすることでしょう。

〝なんだよ、そりゃ北海道で検索しても出てくるわけないじゃん！〟

ついにヒロシくんを見つけたことを喜びつつも、問題はここからです。宮城県にいることがわかったとはいえ、ここからどうやって本人にたどり着くか……。やみくもに宮城県を探して回るわけにもいかないでしょう。

少し考えて、私は手紙を書き始めました。読売新聞の記事には、**益子晴奈**（ましこはるな）という記者の名前が記されていたのです。すべてをこの記者さんに委ねて、お願いしてみるしかない。宛先は、読売新聞の投稿欄にしました。

「はじめまして。私はゲームソフトを開発する会社の代表を務めています、松山洋（まつやまひろし）と申します。２０１５年の読売新聞【宮城版】の記事を見て、手紙を書いています。じつは10年前にこの記事内にいらっしゃる藤原ヒロシくんと縁があって知り合ったのですが、今現在は連絡先がわからなくなって困っていました。10年前に遊んでいただいたゲームソフトに関して、ご本人に報告したいことがあるのです。個人情報などの取り扱いが厳しい昨今、いきなりこんなお願いをきいていただくのは難しいかもしれませんが……。ヒロシくんの連絡先を教えてはいただけないでしょうか？　それは無理でも、せめて私の連絡先だけでも本人に伝えていただけないでしょうか？　私の連絡先は以下のとおりです。なにとぞご理解ご協力のほどよろしくお願いいたします」

おおよそこういった内容を手紙にして送りました。あとは、これを読んだ読売新聞の窓口となる広報担当者が記者の方につないでくれるかどうか。そして、個人情報の取り扱いが難しいこのご時世、どれくらいこちらの気持ちを配慮してもらえるものなのか……。なかば祈るように連絡を待っていました。

2日後。私の携帯電話が鳴りました。

「読売新聞の益子と申します。松山洋さんでしょうか。お問い合わせいただいた件ですが」

来た！

まさかの記者本人からの電話。ご連絡ありがとうございます！　と話を始めると、なんと「すでにご本人にも連絡してあります」ときた。素敵！

「読売新聞大好き！　これから新聞は読売にします。ありがとうございます！」

なんて喜んでいると、「ヒロシくんも松山さんのことはしっかり覚えてらっしゃいましたよ。今回の連絡のことを伝えるとご本人も喜んでおられました。**ぜひ行って、ゲームソフトの話をしてきてください**」と、さらにうれしい言葉をくれたのでした。

本当に。なんて素敵な応対なんだ。ありがとう、読売新聞。

それから深呼吸をして。ヒロシくんに電話をしました。じつに10年ぶりに。

そして、会いに行くことにしたのです。

今現在、ヒロシくんが家族と一緒に生活している**宮城県東松島市**という街に。

✚10年ぶりに会って話して決めたこと

10年ぶりに電話で話をしたヒロシくんは、何も変わっていませんでした。

相変わらず明るく優しい口調で**「お久しぶりです。お元気ですか?」**なんて言われて、うれしくなってこっちまでテンションが上がる。

話をしてわかったことは、娘さんは今現在2歳であること。そして、奥様はヒロシくんと同じ全盲者であること（これは確かに読売新聞の記事にも書いてあった）。弟くんは1年前に結婚し、家を出ていて、今現在はヒロシくんと奥様と娘さん、そしてヒロシくんのお母さんの4人で宮城県で暮らしていること。

私からはヒロシくんに「直接会ってちゃんと報告したい。都合のよい日を教えてほしい。家に行っていい？」と話して、日時を決めました。

そして、2017年4月。本当に、ヒロシくんに会いに行くことになったのです。

東京駅を出発して、仙台駅へ。仙台からさらに電車を乗り継ぎ、およそ1時間で東松島市。手には博多から持ってきたお土産のお菓子と、この日のためにバンダイの偉い人にお願いして手配してもらった、娘さん用のでっかい『アンパンマン』のぬいぐるみを抱えて。

最寄駅からヒロシくんの家まで歩くこと20分。事前に聞いていた住所の家の前に差しかかったところで、いきなり驚かされました。家の玄関先に、小さな娘を抱いて立っている男性の姿があったのです。

ヒロシくんだ。

全盲であるヒロシくんが外で立って待ってくれていたことに驚きつつ、声をかけました。

「こんにちは。お久しぶりです。松山です」

すると、ヒロシくんは娘を抱いたまま私のほうに向き直り、**「ご無沙汰しています。遠いところをわざわざありがとうございます。ぴろし社長」**とにっこり微笑んでくれたのでした。

〝ああ、本当にこの笑顔は変わらないなあ〟

そう思いつつ、ヒロシくんに案内されて家の中へ。

ヒロシくんは、全盲者とは思えない距離感と感覚で娘を抱いたまま玄関をあがり、居間に案内してくれました。そこには奥様とヒロシくんのお母さんの姿が。奥様には「はじめまして」、お母さんには「ご無沙汰しております」と声をかけて、お土産を手渡し、今回の主旨である新作のゲームソフトの話をしました。

当たり前のことながら、全盲者であるヒロシくんはこの10年、**あれ以来ゲームソフトを遊んではいない**。今現在は結婚して、奥様とお母さんとともに子育てに取り組んでおり、手いっぱいの状態。それでも、**「こうして気にかけてくれて、わざわざ会いに来て直接伝えてくれたことがうれしい」**と言ってくれました。

「いまのヒロシくんはもちろん、ゲームソフトを遊ぶことなんて困難だとは思うけど。『.hack//G.U.』のその後のエピソードである『Vol.4』だけでも、完成したものをＤＶＤに録画して持ってくるから。時間があるときで構わないから、よかったら聞いて楽しんでほしい」と伝えると、**「もちろんです。うれしいし楽しみです」**とやはり優しく微笑んでくれる。

そうして、おそらくはほぼ初めて聞いたであろう奥様に事の経緯を説明しながら、いまとなっては懐かしい10年前の出会いの話に花を咲かせました。さらに、大人として唯一健常者であるお母さんに向かって、身振り手振りでこの10年の話をしている最中、ヒロシくんがふとこんなことをもらしたのです。

「本当に懐かしいです。こうしてぴろし社長と再び話ができるなんて。いま、こうして思い返しても10年前に起きたこと、ぴろし社長をはじめ、バンダイナムコの人たちがあんなによくしてくれたこと、これは決して普通じゃない、特別なことだと思っています。本当にすごいことだと思っています。僕のような一般人にこんなことをしてくれるなんて」

ヒロシくんがそう言ったとき、私自身も同じことを考えていました。

「ヒロシくん、俺もね、そう思うよ。これはきっと普通じゃあない。特別なことなんだよ。ヒロシくんが10年前、我々の作ったゲームソフトを選んでくれたこと。求めてくれたこと。うん、あのさ、ヒロシくん。これは奥様にもお母さんにも聞いてほしいんだけど。俺はさ、この特別で普通じゃない出来事をね、ひとりでも多くの人に伝えたいって思ってる。10年前にヒロシくんが作ってくれたこのきっかけを、この物語をひとりでも多くの人に知ってもらいたい。だからさ、俺、本を書こうと思うんだ」

ヒロシくんも、奥様も、お母さんも、一瞬**キョトン**とした顔になりました。

「いや、じつはね。いま、思いつきで言ってるんじゃあなくて。**10年前から考えてたことなんだよ。**ヒロシくんとの出会いや実際にあったことを**いつか本にして、たくさんの人に知ってほしいって思ってた。**それはいつかの話。で、こうして10年ぶりに再会して、直接話をしてやっぱり思ったよ。その〝**いつか**〟って〝**いま**〟なんじゃないかなって。もちろん、ヒロシくんたち家族には絶対迷惑をかけないように最大限注意するから。どうかな?」

そう伝えると、やっぱりヒロシくんはにっこりと微笑んで「**すごく素敵なことだと思います。ぴろし社長がよければぜひ書いてください。僕らのこと**」と言ってくれました。

奥様もお母さんも、その場で了承してくれました。そして私からは、「**本を書くならちゃんと取材して書きたい。10年前のことも改めて話を聞きたい。ヒロシくんにもお母さんにも、そして奥様にも。今日はもちろん久しぶりに会いに来ただけだから。取材に関しては改めてまた時間をもらいたい。生活の邪魔はあまりしたくないから、1回の取材を2時間くらいにとどめてさ。だから、何度かここに伺って話を聞かせてもらうことになると思う。あと、ヒロシくんたち家族だけじゃなくって、当時の関係者にも改めて取材をするよ。バンダイナムコの人たちやソーシャルワーカーの人も。ひょっとしたら退職していまはもういない**

人もいるかもしれないけど。極力あたってみるよ。そして、俺自身で取材して、情報を整理した状態でキチンと文章にするよ。もちろん原稿ができたら、本にするまえに内容を確認してもらおうと思ってるよ。まあ、原稿の確認はお母さんに代表して読んでもらうことになるとは思うけど。それでいいかな？」と話しました。

ヒロシくんはにっこり微笑んで、「もちろんです」。

こうして、私はこの本を執筆することとなったのです。それからヒロシくんの家に何度か通って取材し、**10年前に起きたこと、それからの10年で起きたこと、そしてヒロシくんが生まれたときのこと、すべてを知り、驚愕したのです。**

第3章 【その後の10年】

✚北海道に戻って早速彼女ができる

それから、ヒロシくんの家には数回訪問することになりました。

約束どおり、1回の取材でだいたい2時間くらいの時間をもらって。ほぼ毎週のようにヒロシくんの家を訪ねて居間に座り、たくさん質問しながら話を聞いていきました。

最初に聞いたのは、10年前のこと。私と出会い、別れて、手術を受けたあとの話。あれから**現在までの10年間の出来事**を聞きました。なので、ここからは10年ぶりに再会したヒロシくんに改めて取材し、初めて知った話ということになります。

2007年1月の手術を経て全盲となったヒロシくんは、術後の経過観察のため、東京に一時滞在していましたが、ほどなくして地元である北海道に戻っていました。ヒロシくんの家庭は、ヒロシくんと弟くんとお母さん3人の母子家庭。再び北海道で暮らすことになったのですが、ヒロシくんの人生はそれまでのようにはいきません。なにしろ全盲者となったわけですから。これから先の人生をひとりの人間として自立して生活していくためには訓練が必要です。

北海道に戻ってしばらく経った、２００７年11月。ヒロシくんは学校に入っていました。その学校とは、函館にある**〝視力障害センター〟**。後天的に全盲になってしまった人たちが生活や職業の訓練をするための学校です。

ヒロシくんが視力障害センターに入った２００７年11月時点では、およそ6名の生徒がともに学んでいました。最初の半年間は、生活していくための訓練が中心。どういうものかというと、**歩行、買い物、電車による移動、そして点字などの学習訓練**です。

ヒロシくんから話を聞きながら、〝ある日、突然目が見えなくなった人間がそんな簡単に歩けるようになるものだろうか？〟と私自身も考えました。

〝どれだけの訓練をすれば、真っ暗な世界で音だけを頼りに歩けるようになるんだろう？　ましてや、買い物？　電車に乗る？　いくら訓練したとしてもできるイメージが湧かない〟

ヒロシくんにそう言ってみると、「いや、僕も最初はやっぱりそうでしたよ。点字などは触りながら覚えられましたが、**やはり、歩くという行為がいちばん難しかったですね。**指導員の方がそばにいるうちは全然問題ないです。いろいろとそばで指摘してくれるし、何よりこちらの声が届くので。でも、いつまでもそれではだめで、あるタイミングからは自分ひとりで歩いて外に出て、目的地まで向かわなきゃいけないんです。いやー、やっぱり怖かったですよ。**ましてや、北海道は雪も降りますからね。あの雪がまた音を消すんですよ。だから、ただ歩くという訓練がいちばんの難題でした**」と、本人は笑って答える。

笑えるところがすごい。いや、これも訓練を積み重ねたあとの〝いま〟があるからこそなんだろうなあ……。

ヒロシくんは半年間そういった生活訓練をくり返し、翌年2008年の春から職業訓練を行うコースに進む準備をしていったのだそうです。

そんなとき、この学校で出会ったのが、いまの奥様でもある幸恵(さちえ)さんでした。

幸恵さんはヒロシくんの1歳年下で、同じく全盲者として視力障害センターに通っていました。目的はもちろん、ヒロシくんと同様、全盲者としての生活訓練と職業訓練。幸恵さんはヒロシくんと違って病気(がん)ではなく、**交通事故で視力を失っていました**。18歳のときの事故。幸恵さんの出身は宮城県で、北海道には視力障害センターで訓練するために学生として来ていたのでした。同世代のヒロシくんとは出会って間もなく意気投合し、一緒の時間を過ごすようになったといいます。

「え? なに? じゃ、学校に行き始めてすぐに出会って、すぐにつき合うようになったの? やるなあ、ヒロシくん」

すると、にっこり笑って「**不思議ですよね。お互い顔も知らないのに、なぜか惹かれたんですよね。出会って1週間で僕のほうから告白して、つき合うようになりました**」とヒロシくん。

最初は、カラオケ好きの幸恵さんがヒロシくんをカラオケに誘ったことがきっかけだったようですよ。ちなみに、「目が見えないのにどうやってカラオケを?」と質問したところ、お店に入ったらまず店員を呼んで、口頭で曲名を伝えて一気に全部入力してもらうそうです。あとは、自動的に流れてくる曲に合わせてマイクで歌う。曲の歌詞はすべて記憶しているらしいです。これもまたすごいなあ。

✚見えない世界で学ぶということ

全盲のふたりが北海道の学校で出会い、つき合うようになって、同じ授業を受けて同じように職業訓練を始めました。この学校は3年制。3年間でさまざまな技術を学ぶといいます。視力障害センターで学べる技術といえばやはり、**あんま・指圧・マッサージ・鍼・灸**といった全盲者でも手に職を持って働けるようになるもの。この学校を卒業すると、資格を持った技術者としてちゃんと就職できるようになるということです。

話を聞きながら〝なるほどなー〟と思いつつも、ちょっと聞き逃せない違和感が。

「うん、**あんま師**になるってことだよね？　卒業したら。指圧やマッサージもわかるよ。目が見えなくても触覚でやれるお仕事だからね。想像もできるよ。**けど、え？　鍼・灸って言った？　鍼ってハリだよね？　刺すってことだよね？　ハリを。人の体に。あと灸って？　いや、**

俺もあんまり詳しくもないけど、灸ってなんかあの草みたいなやつに火をつけるんだよね？人の背中とかに乗っけて。え？ 刺せるの？ 燃やせるの？」

と、素直に疑問をぶつけると、「いや、最初からはもちろん無理ですよ？ はじめは学生どうしで対になって、お互いの体を触りながら指圧のことを学んでいくんです。**臨床実習**っていうんですけど。で、ゆくゆくは鍼や灸もやるんですが、まあやっぱり最初はうまくいかないですね。実習室みたいなところで学生どうしでハリを刺したり、灸をしたりするんですけど。**始めたばかりのころは、みんなの悲鳴が教室にこだましてましたね。**ま、そうやって学ぶうちにだんだんできるようになっていくんですけどね。**2年生になるころには、実習でやられる側も気持ちよくて寝られるようになるんです**」。

その発言に唖然としている私を置いて、ヒロシくんは続けます。

「学校でやることは実習だけじゃないんですよ。もちろん授業だってあるし、試験もあります。パソコンの使いかたも学ぶんですよ。〝PCトーカー〟といって、パソコンの画面情報を読み上げてくれるソフトがあって、それを使って勉強するんです。あ、学校でとくに楽しかったのは体育ですね。スポーツって人と競い合うじゃないですか。競技となるとやっぱり熱くなるんですよね。僕がいちばん好きだったのはバレーボールかな」

もう、ね、言葉が出ませんでしたよ、衝撃的で。私のまったく知らない世界がそこにはありました。もちろん聞きなおしましたよ。「盲人者がバレーボール？　どうやって？　ボールどこにあるかわかんないじゃん!?　自分のチームの人間も見えないし、相手チームも見えないし、なんならコートもわかんないじゃん!?　どういうこと!?」って。

するとヒロシくんは、「いやもちろん、皆さんが知ってるバレーボールとは違いますよ？　1チーム6人でやるんですが、前衛と後衛で3人ずつに分かれていて、前衛が全盲者、後衛が健常者なんです。後衛が前衛の3人に言葉で指示をしながらプレイします。ほら、ブラインドサッカーってあるじゃないですか。**あれと同じように、ボールの中に鈴が入っているんです。**で、その音を聞きながらプレイするんですよ。他にも野球や卓球もやりましたが、僕はやっぱりバレーボールがいちばん楽しかったですね」と本当に楽しそうに語る。

いや、とはいえだろ？　いくら鈴の音が聞こえるからって。いくら後ろの人が指示してくれるからって。それでボールを的確に追えるようになるとは、私には到底イメージできませんでした。

が、それは私が同じ立場にない人間だからなのでしょう。もう、受け止めるしかない。何よりヒロシくんが実際に体験してきたことなんだから。そういう世界があるということ。

改めてヒロシくん本人から話を聞いて、思い知らされました。私がそれまで想像していた世界とはまるで違う。**ある種の感覚が研ぎ澄まされた人たちの世界。**人間のすごさを改めて思い知りました。

✚試されるふたり

ヒロシくんと幸恵さんがつき合い始めて1年ほどが経った夏休み。ヒロシくんは幸恵さんの実家である宮城県へ遊びに行くことになりました。学校にいる間はずっとふたり一緒だったので。夏休みになって里帰りする幸恵さんをヒロシくんが追いかける形で宮城県へ。

すると、用意されていたのは**ウィークリーマンション**でした。

ヒロシくん、もともとは幸恵さんの実家に泊まるつもりで宮城に遊びに行ったらしいです。しかし、現地に行ってみるとウィークリーマンションが用意されていたのでした。

ヒロシくんいわく、「僕も最初は驚いたんですが、**おそらくは親サイドが僕らをある意味試したんだと思っています。**よりにもよってお互いが全盲者じゃないですか、僕らって。将来のことも含めて、**本当にふたりでやっていけるのか**と親には思われていたんだと思うんですね。だから、**場所(ウィークリーマンション)を用意するから自分たちで生活してみろ**ってことなのかな、と。それから、全盲者ふたりだけで生活のすべてを実践することになりました。およそ1ヵ月くらいだから、まあ、夏休みほぼまるごとでしたね」。

「なるほど。確かに親御さんの気持ちはわかるねぇ。で、実際に生活してみてどうだった?」

「いやー、思い知りましたね。いままでお互いがどれだけ家族や周りの人たちに助けられて生活していたのかって。本当に大変でした。買い物に行くのも難しかったし、料理をするのも大変でした。コンロの上にお皿が乗ったまま火をつけちゃったりね。テレビのリモコンだって、なくなったらどうにもならない。お互いにリモコンを置く場所はここ!って決めていても、なぜかなくなっちゃうんです。で、リモコンを探すのにふたりで這いつくばって部屋中を探す。ようやくリモコンを見つけたところで、いくら操作してもテレビがつかなくて……よくよく確認するとエアコンのリモコンだったんですよ、これが！」

不覚にも大笑い。なんて楽しそうなふたりなんだ。いや、火を扱う料理の話なんかは聞いているだけでもゾッとするけど。なんて微笑ましいエピソードが飛び出してくるんだ。

そうやって夏休みの1ヵ月をウィークリーマンションで過ごし、絆を深め合ったふたりは、秋が来て再び北海道へ。**それから3年間の学生生活をともに過ごし、やがて学校を卒業する日がやってきました。**

2011年の春。学校を卒業したヒロシくんは地元の北海道で就職することに。幸恵さんは宮城県の実家に戻って、やはり働くことが決まりました。あんなに仲よく、ずっと一緒の時間を過ごしてきたのに、ふたりは離れればなれになってしまう……。

このとき、ヒロシくんは「やっぱりずっと一緒にいることは難しいのかな。このまま距離が離れて、だんだん会えなくなって、結局別れることになってしまうのかな」と考えていたといいます。

そして、ふたりが別々に暮らし始めた数日後。

2011年3月11日。

宮城県の実家に戻った幸恵さんが暮らす場所、東松島市が【東北地方太平洋沖地震】により被災したのでした。

✚ずっと一緒に

東北地方太平洋沖地震で、幸恵さんの実家は被災しました。津波による被害。電気も水道も使えなくなり、外部からはまったくの音信不通となりました。

ヒロシくんはニュースで震災を知り、なんとか幸恵さんに連絡を取ろうとしましたが、やはり連絡が取れず。ようやく安否が確認できたときには、**震災から1週間が経っていました**。その後、幸恵さんは一時的に宮城を離れて北海道のヒロシくんの家に疎開することになりました。

離ればなれになってしまったふたりが、くしくも震災によって再び一緒に過ごすことになったのです。

ヒロシくんは、**〝もうこれは運命だ〟**と思った。そして、北海道で一緒に過ごした半年間の中で、**幸恵さんにプロポーズをしたのです**。

「もう離れるのはやめよう。ずっと一緒にいよう」

じつはふたりとも、全盲になったときから**「自分はこの先、人を好きになることがあったとしても結婚することは無理だろうな」**と思っていたのだそう。幸恵さんはヒロシくんからプロポーズの言葉を聞いたときのことを、**「まるで〝天使の声〟に聞こえた」**と表現しました。

やがて、ふたりは夫婦となり、子どもができて〝親〟になりました。

幸恵さんは妊娠がわかったとき、心からうれしかったといいます。結婚も子どももあきらめていた自分に、こんな幸せなことが起きるなんて。

しかし、一方のヒロシくんは複雑な心境でした。もちろん、子どもができたことはうれしい。けれど、同じぐらい不安な気持ちもあったのです。なぜなら、ヒロシくんが全盲者になるきっかけとなった病気、**網膜芽細胞腫というのは、50%の確率で子どもに遺伝する**といわれていたから……。

妊娠中、だんだんお腹が大きくなっていく幸恵さんを支えながらも、不安で不安で仕方がなかったヒロシくんの気持ち……。

私自身、話を聞くのもつらかった。**どうしてこんな恐ろしい運命がひとりの人間に次から次へと課されなくてはならないのか。**もし、神様がいるとするなら、どうしてこんなにも不公平なのか、どうしてこんなにも不平等なのか。問い詰めながら、胸倉を掴んでぶん殴ってやりたい気持ちでいっぱいでした。

子どもが生まれてからも。ヒロシくんの心の中は、**〝生まれてきてくれてありがとう！〟**という気持ちと、**〝生んでしまって申し訳ない〟**という気持ちがつねにあったといいます。**もし、病気が遺伝していたら、自分と同じ過酷な運命を背負わせることになってしまう……。**

生まれた子どもは女の子。**結愛**（ゆあ）ちゃんと名づけられました。

ヒロシくんは、かわいい娘のためにある決断をしました。それは、**遺伝子検査**。現代の医学では、親の病気が子どもに遺伝しているかどうかを検査することが可能なのです。そもそも生まれたばかりの赤ん坊では、目そのものの検査は未成熟なこともあって極めて困難。遺伝子レベルで調べることでハッキリさせようとしたのです。

まず、ヒロシくんの遺伝子情報を検査。次に、娘の結愛ちゃんの遺伝子を調べて、それらを比較して病気が遺伝しているかどうか判明するまでにおよそ6ヵ月。その間、ヒロシくんは幸恵さんとともに全盲者ながらも子育てに奮闘し、忙しい毎日を過ごしていましたが、**心の中は不安で胸が張り裂けそうでした。**

そして、半年後に検査結果が出ました。

結果は【遺伝なし】でした。

私はヒロシくんの話を聞きながら、またも泣いていました。本当によかった。本当に。〝もうこれ以上、過酷すぎる運命を与えないでください〟と神様に祈りながら話を聞いていました。本当に、よかった……。

これからも、ヒロシくんは愛する奥様・幸恵さんと、愛する娘・結愛ちゃんと、そして、生まれたときからヒロシくんを支えてきてくれたお母さんと。ずっと一緒に暮らしていけるのです。

第4章 【出生の秘密】

✚全盲夫婦の子育て

さて、全盲者であるヒロシくんと幸恵さん夫婦に子育ては可能なのでしょうか？

ふたりは娘である結愛ちゃんが生まれてから、できるだけお母さんや弟くんのサポートなしに、夫婦ふたりだけで娘の面倒を見る生活を心がけたといいます。**そう、ふたりは親なのだから。**いつまでも誰かにサポートされているようではいけません。

けれど、全盲者の夫婦ふたりによる子育ては、それはもう大変な毎日だったようですよ。

母親である幸恵さんは、**〝1日の中でいちばんの幸せは、娘と一緒にお風呂に入ること〟**と言います。幸恵さんが先に浴槽につかり、その間にヒロシくんが脱衣所で結愛ちゃんの着ているものを脱がせ、抱っこしたまま浴槽へ行って直接手渡す。お風呂が終わると、ヒロシくんは再び脱衣所で結愛ちゃんを受け取り、服を着させる。そんな役割分担のようです。

ある日、夫婦ふたりで結愛ちゃんをお風呂に入れていたときのこと。風呂場に結愛ちゃんの泣き声が響き渡りました。身体や頭を洗ったあとは、耳に入らないよう慎重に湯をかける。安心させるためにふたりで歌を歌ったりもする。それでも、結愛ちゃんは泣きやみません。ふたりでいろいろと工夫し、懸命にあやしてみるものの、結愛ちゃんの声は泣きやむどころか**悲鳴**に近い声に変っていく……。ふたりは途方に暮れていました。

当時はまだ一緒に暮らしていた弟くんがそんな悲鳴を聞いて不安になり、風呂場を覗いてみたところで原因判明。弟くんは叫ぶようにして、ふたりに言いました。

「何してんの！ 電気！ ついてないじゃん!!」

全盲者であるふたりには、夜に電気をつけるという習慣がありません。目が見えないふたりには照明が必要ないからです。結愛ちゃんは真っ暗な浴室の中で、お湯をかけられていたのです。弟くんが電気をつけると、やがて結愛ちゃんは泣きやみました。

「気づかなくて、ごめんね、結愛」

幸恵さんは何度も何度も、結愛ちゃんに謝りました。

結愛ちゃんのミルクを作るのも、ふたりにはひと苦労だったそう。粉ミルクを専用スプーンですり切り1杯取り、哺乳瓶に入れるまではいいのですが、そのあとポットから注ぐお湯の量がわかりません。何度も哺乳瓶からお湯をあふれさせ、幸恵さんの足はやけどだらけに。やがて、哺乳瓶の下にお皿を敷くという工夫をして、あふれたところでストップさせることを学びました。

おむつを替えるのも、なかなか難しい。赤ん坊の結愛ちゃんは、おむつを替えられながらも激しく足を動かします。おしりのウンチを丁寧に拭き取ったつもりが、暴れた結愛ちゃんの足のほうにウンチがついていたり。顔を近づけ、においを嗅いで、おしりも足もきれいになったことを確認しておむつをはかせるも、ヒロシくんの服にウンチがついていて、気づかずに1日過ごしてしまったり……。

離乳食を食べさせるのだって大変。結愛ちゃんの口にスプーンを入れることがなかなかできません。口がどこにあるのかわからないし、結愛ちゃんはすぐにあっちを向いたりこっちを向いたり、顔を動かしてしまいます。うまく口元に運べず、手で確かめながらなんとか口の中に入れる。けれども食べかすがこぼれてしまい、結愛ちゃんの首筋に汗疹ができてしまったり。何より困ったのは、肝心の結愛ちゃんの表情がわからないことでした。喜んで食べているのか？　もう満腹なのか……？

話を聞けば聞くほど、全盲者の夫婦にとって子育ては難しいように聞こえます。しかし、それも結愛ちゃんが生まれて間もないころの話だったといいます。さまざまな苦労を乗り越え、子育てを続けた結果、**夫婦ふたりの感覚はどんどん研ぎ澄まされてきているとのことでした。**

ヒロシくんは、耳と鼻（におい）が敏感になり、物の輪郭がボンヤリとわかるようになったといいます。手を触れなくても、そこに壁があることを感じる。自宅玄関の外の人の気配を感じ取り、誰かが訪ねて来たことを察知できるようになりました。

●ヒロシくんの自宅の居間で話を聞きながら（2017年6月撮影）

幸恵さんはまるで見えているかのように、結愛ちゃんの表情を感じ取ります。「声や空気でなんとなくわかるんですよ。想像ということではなく。心の中で見ている感じですかね。ほらいま、結愛がニコニコして笑ってるでしょ？」。

見ると、確かに結愛ちゃんは笑っていました。

なんて世界だ。なんてすごい夫婦なんだ……。

何度もふたりのもとに足を運んで、話を聞いて、直接自分の目で見て、〝**人はここまで適応できるものなのか**〟と本当に驚かされました。

✚赤ん坊の目が夜の猫のように光る異変

取材を進める中で、ヒロシくん自身の出生についても話を聞こう、とお母さんにも時間をいただきました。

そもそも、ヒロシくんの網膜芽細胞腫という病気はどうやって発症したのか？ 1歳のときに右目を摘出後、小学校・中学校・高校と学生時代を片目で過ごしたヒロシくんの学校生活はどういったものだったのか？ ヒロシくんが生まれてから私と出会うまでの21年間の話は、お母さんに聞かないとわかりません。

それまで、私がヒロシくんや幸恵さんに話を聞いているのを横でずっと見守っていたお母さんに、改めて話をうかがいました。

お母さんの名前は、**里洋**（りよ）さん。年齢は**48歳**。やっぱり、私とそんなに変わらない年齢でした。ん？ あれ？ だとすると……現在のヒロシくんの年齢は31歳だから……あれ？ ちょっと待って、里洋さん？ **ヒロシくんが生まれたときっておいくつですか？**

そう尋ねると。

「16歳のときに妊娠して、17歳でヒロシを出産しました」

って、ええ⁉ いや、10年前にお会いしたときも、〝**なんか若いお母さんだな**〟とは思っていましたが。16歳で妊娠!? そうだったんですか。ええっと、聞きにくい話ですが、そのときの旦那さんは? そもそもお母さんは学生だったのでは? と聞くと、「**中学卒業してすぐに私は働いていました。ヒロシの父親は、そのときの仕事場で知り合った友人の友人です**」と答えてくれました。

な、なるほど。話を聞きながら、私は脇の下に汗をかいていました。これまた想定外の話からスタートしたからです。**その後の里洋さんの話は、私の想像をさらに超えるものでした。**

16歳で妊娠して、17歳でヒロシくんを出産した里洋さん。地元の北海道で自身の家族に支えられながらも、旦那さんとアパートを借り、独立して親子3人での生活をしていました。

ヒロシくんが生まれて間もないころ。里洋さんはある**異変**に気がつきました。抱いているヒロシくんの目が、**まるで猫の目のように光っていたのです**。夜になるとネコ科の動物は目が光って見えますが、アレです。赤ん坊の目が、猫の目のように光っていたのです。

里洋さんはすぐに地元の病院にヒロシくんを連れて行きましたが、なかなか明確な診断が出されませんでした。なぜなのかはわかりませんが……。そもそも、病院側はあまり相手にしてくれていない様子でした。**若い母親が心配性で、たいしたこともないのにわざわざ子どもを連れてきた**、と思われたからでしょうか。真偽のほどはわかりませんが、地元の病院では文字どおり、ほとんど相手にしてもらえなかったそうです。それでも不安な里洋さんは、北海道の別の町にあるもっと大きな病院に行って診せることにしました。

そこでも、病院の先生は里洋さんにまともな説明はしてくれませんでした。が、診断後すぐに**東京の病院**を紹介され、北海道から飛行機に乗って、その場所を訪ねることになったのです。

そこは、〝国立がんセンター〟でした。

このとき、どうやら旦那さんや里洋さんの家族はヒロシくんの病気のことについて聞かされていたようですが、肝心の里洋さんにはなんの説明もありませんでした。大人たちが勝手に若い母親である里洋さんに気を遣ったのかもしれません。何も聞かされず、何もわからないまま国立がんセンターに行き、ヒロシくんが網膜芽細胞腫という病気である事実とともに、**すぐにも右目を摘出する必要がある**、と宣告されたのでした。

なんという残酷な話なのでしょう。

17歳の若さで出産した大事な大事な息子が、まだ生まれて間もないヒロシくんが、過酷な運命を背負わされてしまっているという事実。

当時を振り返りながら話す里洋さんを前に、私はメモを取りつつも自分の血の気が引いていくのを全身で感じていました。

国立がんセンターの医者の判断では、ヒロシくんの**両目**はすでに網膜芽細胞腫が発症しており、**本来であればすぐにでも両目を摘出するところでした。**しかし、生まれてまだ10ヵ月のヒロシくんからいきなりすべての光を奪ってしまうことは避けたい。里洋さんの強い懇願があり、医者は右目だけを摘出、左目は放射線治療による（いわゆる）延命処置を施すことになりました。

その放射線治療は、**コバルト療法**と呼ばれるものでした。私自身、専門的な知識があるわけではありませんので、詳しくは説明できませんが。コバルト療法というのは、薄い金属の破片のようなものを目の奥にあるがん細胞に直接当てて固めるやりかたのようです。この治療が幸いにもうまくいって1ヵ月くらいで効果が表れ、ヒロシくんの左目のがんは固定化できました。

北海道から国立がんセンターにやってきて、いきなり大事な子どもの右目を摘出されて、なんとか左目だけでも施術してがんを固定化して……。じつに数ヵ月ぶりに、里洋さんはヒロシくんを抱いて地元に帰ることになりました。

そして……里洋さんが北海道に戻ると、旦那さんはすでに失踪していました。

✚いちばんすごいのはお母さんなんじゃないか？

「失踪？　えっと、しっそう？　失踪ってどういうことですか？」

あまりの衝撃に、私は里洋さんに聞きなおしました。すると里洋さんは、**「文字どおり、失踪です。数ヵ月ぶりにアパートに戻ったらいなくなってました」**と。

「…………」

言葉が出ない。

意味がわからない。いなくなる？　数ヵ月ぶりに家に帰って、たまたま旦那さんがいなかったとかではなくて？　それっきり？　いやいや、だって旦那さんでしょ？　結婚したときにお互い家族だって紹介してるでしょ？　旦那さんの親は？　家族は？　探そうと思えば探せるでしょ？　何日か家を空けてたとかじゃなくて？　どういうこと？

私が単純な疑問をそのまま口にしたところで、黙って聞いていたヒロシくんが口を開き、（おそらくは見かねて）話しだしました。

「あのー、ぴろし社長、これはあとから僕自身が周りの人間から聞いた話なのですが。まあ僕は当時、赤ん坊でしたのでもちろん記憶もありませんけど。どうやらこのときの母は、僕を育てることと僕の左目の継続治療のことでいっぱいいっぱいで。母にとっては父がいなくなったことはどうでもよかったんです。とにかく余裕がなかったんですよ」

え、いや、けど……ええええええええ……そんなことって、あるー!?　え？　そもそもなんでいなくなったんですか？　旦那さん。

と尋ねても、里洋さんは「**会ってないのでわかりません**」。

え、というか、東京の国立がんセンターでヒロシくんの手術や左目の治療をやっている間、旦那さんはどこで何をしていたんですか？

「**私とヒロシが東京にいる間は、旦那は北海道で働いていてお金を送ってくれていました。数カ月して送金がなくなったので、なんか嫌な予感はしていたのですが……**」

て、えええええええええ……それで？　それっきり？　それで終わりなんですか？

「**はい、さきほどヒロシも言ったように、当時の私は子育てとヒロシの左目の治療のことで本当にいっぱいいっぱいで余裕がなくて。先方（旦那さん）の親と話をして、すぐに離婚しました。それっきり会っていません**」

「**……………………**」

本当に言葉が出ない。

そんなことってあるのか？　失踪？　なんで？　どうして？　なぜ、ヒロシくんと里洋さんを残していいなくなったんだ？　というか、旦那さんの家族は？　どう思ってるの？

いくら説明をされても私の疑問は解消されません。しかし、当の里洋さんは「**もともとそういうタイプの人というか、なんなら旦那は今現在も失踪中で、家族も所在はわからないようです。詳しくは知りませんが**」と淡々と話す。

いや、ええ……そんなことってあるのか……。

まだモヤモヤしている私の顔を見て、里洋さんは「**その後、私も再婚しましたし**」と告げました。

えええ!?　あ、そうなんですか!?

「**はい、ヒロシが小学生のときですが。縁がありまして再婚しました。そして生まれたのが、弟の翔(しょう)です**」

なんだー！　よかったー。素敵なご縁があったんですね！　では、それからは里洋さんと新しい旦那さんと、ヒロシくんと弟の翔くんの**4人家族**での生活が始まったんですね！

ちょっと明るい話題が出てきて、テンションも上がってきた私に里洋さんは……。

「まあ、その旦那も失踪しましたけどね」

ズコ――!!

ってね、ズッコけましたよ。本当に。人の家で。

なに、それ!?　どういうこと？　北海道では失踪ってそんな簡単に起きるの？　そういうもんなの？

上がったテンションが変なベクトルに向かいつつ。またも里洋さんを質問攻めにしようとする私に、再びヒロシくんが口を開きました。

「他の家がどうなのかはわかりませんが……。結果、新しい旦那さんも失踪したのは事実です。まあ、失踪というかなんというか。当時は僕も小学校高学年でしたのでなんとなく覚えているのですが、この新しい旦那さんはいわゆる、あまりまともに働かないタイプの人でして……。僕らも苦労していたのですが、結果的に〝出稼ぎに行ってくる〟と言い残して家を出て、そのまま帰ってきませんでしたね」

えー……っと。もうここまでくると頭がついていけない感じになってきましたよ。
ただ率直に、感想を述べると。

「あの、里洋さんも、ヒロシくんも。いや、ちょっと、ね。これ、にわかには信じがたいくらいの話だよ……」

すると里洋さんは、**「ええ、私もそう思いますよ。我ながら」**と答えたのでした。

それからヒロシくんの家族は、里洋さんと弟の翔くんと3人暮らしを続けてきたのだそうです。

こうして話を聞き、その事実に衝撃を受けながら、私はしみじみ思いました。

〝これ、いちばんすごいのはお母さん（里洋さん）なんじゃないか？〟

そして、改めてヒロシくんに尋ねました。

「ちょっと言いにくい話かもしれないけど、さ。そのー、生みの親というか、お父さん？　には会いたいとは思わなかったの？　ヒロシくんは」

すると……。

「まったく思わなかったですね。あ、まあ、若いときはもし父に会ったら一発ぶん殴ってやろう！とも思っていましたが、いまはなんとも思ってないです。ずっと母と弟がいましたし、彼らがぼくの家族ですよ」

……うん。そうだね。君たちはこれでよかったのかもしれないね。

晴れ晴れとした顔で話すヒロシくんを見て、
私はそう思いました。

●文字がびっしり書き込まれた取材メモは、15ページにもなりました。

第5章　【当時の真実を知る人物】

✚いま明かされる真実

ここまでヒロシくんの家で取材を重ねてきて。一度、**東京にいる関係者に話を通す**ことにしました。なにしろ10年前の話を中心に本を書くわけですから。あとから「なにそれ、聞いてない」なんてモメたくありませんので。登場人物はすべて実在の人物です。まえもって「こういう本を出すのでよろしくね」と話を通すことは、業界仁義的にも当たり前で必要なことなのです。

まずは、現在のバンダイナムコエンターテインメントに伺って。10年前、最初に電話をくれた**今西さん**。そして、10年前に私と一緒に発売前のゲームソフト『.hack//G.U. Vol.3 歩くような速さで』を持って直接ヒロシくんに会いに行った**内山大輔**。それぞれに会って経緯と事情を説明し、**ヒロシくんの本を出すことにした**と伝えると、両名ともに「すごくいい話じゃない！ ぜひいい本にしてください。応援しますよ」と言ってくれました。

それから、10年前に連絡をくれた〝がんの子どもを守る会〟のソーシャルワーカー**樋口さん**。10年ぶりに会って話をすると、「**あのときの松山さんとバンダイナムコの方々には本当に感謝しています。いま考えてもやっぱり普通じゃない。こちらのリクエスト以上のことをすご**

いスピードで叶えてくれました。当時もみんなで〝あんなに大きな会社がこんなにも迅速に対応してくれるなんて！〟って感動していたんです」とおっしゃってくれました。

他にも何人もの関係者に直接会って説明をして、皆さんホントに協力的で**「応援します！」**と言ってくれました。

そして。10年前の『.hack//G.U.』の担当プロデューサーだった**リオP**（中田理生）にも会いに行きました。

リオPはその後、バンダイナムコを退社し、今現在は別の会社で働いています。とはいっても、同じような業界の仕事をしているし、私とは親しくたまに飲みに行ったりもしていたので。メールで連絡して「久しぶりにご飯食べよう！　ちょっと報告というか相談もあるので。よろしく！」というノリでアポイントを取りました。

久しぶりにリオPに会って。お酒を飲みながらお互いの近況を聞き、本題である〝ヒロシくんの本〟の話をしました。ひととおりの説明をして、本の構成について話しながら、〝**いま、ひとりずつ当時の関係者に直接会って、こうして説明してるんだ**〟ということを伝えたところで、リオPが**首をかしげたのです**。

「?・? どうした? なんか気になる?」

あまりにも変なリアクションを取るので、私がそう尋ねると。リオPはゆっくりと口を開きました。

「んー。あれか、そうか。いくらバンダイナムコと仲がいいとはいえ、松山さんは他社だもんね。サイバーコネクトツーの松山さんに、当時のバンダイナムコの中で何が起きていたのかは知りようがないか」

ん。なんだ、その言いまわし。どうした? 何を言っている? リオP。

「いや、ヒロシくんの本の話はもちろん大賛成だし、応援もするよ。けど、いま、松山さんから話を聞いていると、10年前の登場人物の中にいちばんの功労者が見当たらないんだけど?」

え？　功労者？　10年前の？　え、なに言ってんの？　あなたは俺と一緒に当事者としてすべてを把握してたでしょ？　一緒にいろいろ準備したじゃん。ヒロシくんのために。

「松山さんさ。よく考えて。10年前のこと。疑問に思わなかった？　バンダイナムコほどの大きい会社がさ、事情があるとはいえ発売前のゲームソフトを簡単に外に持ち出して、ましてや一般の消費者である子どもに無料でプレゼントしたんだよ？　なぜ、そんなことができたと思う？」

ザワッ

自分の中で何か風のようなものが通り過ぎたのを感じた。なんだそれ。リオP、なんの話をしている？　いや、だからそれはもう10年前の話で、実際にゲームソフトはプレゼントできて、ヒロシくんも無事プレイしてちゃんと最後までクリアしてくれて……。

そう、言いかけたところで。

「だから、それは、誰のおかげでできたと思ってるの!?」

リオPが吠える。

ドクンッ

え、おれ、の。知らない話？　なに、それ、え？　10年前に、なんかあったの？　裏で？　俺の知らないところで何かあったの？

胸の鼓動が明らかに普段より速く鳴っている。

「まあ、あの人はそういう人だからね。いまのいままで松山さんの耳に入らなかったのも仕方がないか」

え、ちょっと、リオP、もういいよ。なに？　10年前に何があったの？　ひょっとして、発売前のゲームソフトをプレゼントするときにモメたの？　バンダイナムコ社内で？　それを誰かが助けてくれたの？　その人が功労者ってこと？　ねえ、誰？　その人。

「サワダさんだよ」

サワダさんって……澤田さん？　えっと、**澤田悦己**（さわだよしみ）？　バンダイナムコの？　いや、あれ、たしかサワダさんって数年前にバンダイナムコ退職してるよね？　で、ホントかどうか知らないけど、なんかいまは個人で**〝パン屋さん〟をやってる**って冗談みたいな噂を聞いたことがあるけど。ええ？　そのサワダさん？？？

「そう、そのサワダさん。10年前、バンダイナムコ社内でヒロシくんの夢を叶えるために裏でいちばん頑張ってくれたのはサワダさんだよ？」

えええ？　そうなの!?

完全に初耳でした。まさかのサワダさん!?

と、いうのも、このサワダさんという人物、もちろん私も面識がありました。が、当時はコンテンツ制作本部の副本部長で、現場レベルのミーティングに参加されるような立場の人でもなかったし、そもそも性格がちょっと特殊というかなんというか……。まあ、平たく言うと、**〝口が悪いおじさん〟**という感じ。イベントなどの会場で見かけて挨拶しても、**「おう、ぴろし生きてたか？　どうなん最近は？　順調？　うそつけッ！」**といった調子で、とにかく口が悪い。いや、誰に対してもそうじゃないとしたら、私にだけそういった対応だったのかもしれません。いずれにせよ、私の印象では率直に〝**ええええー？　あのサワダさんがー？　功労者ー？　ホントにー？**〟という感じだったのです。

「まあ、本を書くのは松山さんだから。最終的な判断はもちろん松山さんがすることだと思うけど。一度、10年前のサワダさんの件をちゃんと調べてから判断したら？　僕の目には、当時のいちばんの功労者はサワダさんに見えたよ？」

うーん、リオPがそこまで言うのなら。ちゃんと調べてみよう。それからでも原稿は書けるし。何より、この10年間自分がまったく知らない事実が裏にあったということのほうがショックだ。

こうして私は、リオPから聞いた話をもとに聞き取り調査を開始しました。10年前のことを知る何人かの関係者に話を聞き、当時のメールを見せてもらい、**ついにすべての真実を知ることとなったのです**。

そして、自分自身がなんにも知らず、誰かに助けられて生きていたことを思い知らされたのでした。

✚俺たちが判断すべきたったひとつのこと

怒っていた。

その男は怒っていました。

10年前のその日。藤原ヒロシくんの代理でメールをくれたソーシャルワーカー樋口さんの依頼・相談内容に対して、バンダイナムコ社内では迅速ながらも細かな協議がなされていました。

・そもそも発売前のゲームソフトをイチ個人に開示するのか？　では、そういう相談がひとりではなく10人きたら？　100人きたら？　それらすべてに対応するのか？　できるのか？

・発売前のタイミングで、プルーフディスクを社外に持ち出す際の書類のフォーマットは？　前例は？　過去に似たような対応を行った実績は？　バンダイナムコ社内だけではなく、プラットフォーマー（＊04）であるＳＣＥ（ソニー・コンピュータエンタテインメント※現在のＳＩＥ（ソニー・インタラクティブエンタテインメント））に許諾は？　申請はどうする？

・子どもとはいえ、発売前のゲームソフトを渡すのであれば機密保持契約書を結ぶべきでは？　誰に署名をもらう？　21歳なので当人でOK？　それとも親？

・クリアしたのち、ゲームソフトは返却してもらうべき？　それともそのままプレゼントするのか？　その場合の情報規制はどう促す？

これらはすべて、私の携帯電話に電話があった前日、２００６年12月22日にバンダイナムコ社内で実際に挙がっていた議題です。

たくさんの人が関わり、誰かが誰かに確認を取るためにメールなどを使って複雑に応酬を重ねている状態でした。

そして、関係者が一堂に集まった会議の席で。藤原ヒロシくんへの対応にまつわるさまざまな議題がテーブルに並べられると、副本部長であるサワダさんが一喝しました。

「いいかげんにしろよッ！　さっきから、なんでこんなくだらない議論や確認をしなきゃいけないんだよ!?　状況を考えろよ！　本人にとっては、あ

とたった3週間しかないんだよ!?　俺たちが判断することはたったひとつで十分だろうがッ‼」

サワダさんは怒っていました。

もちろん、バンダイナムコの各部署の人たちだって、ヒロシくんに対して最大限のことをしてあげたいという気持ちは同じだったと思います。そのためにもより安全で問題にならない方法を探っていたのでしょう。

しかし、サワダさんはそれを一蹴します。そして、リオPにこう伝えたのです。

「いいか？　リオ、月曜日にぴろしと内山を連れて、この少年（ヒロシくん）のところに行ってこい。そして、プルーフディスクをプレゼントしてこい。契約書なんかいらん。思う存分楽しんでもらうんだ」

「いいか？　これは俺の独断司令だ。お前は誰に何を言われても〝僕は何

もわかりません。サワダさんに言われてやっただけです〟と、そう答えろよ？」

「そうだよ、確信犯だよ。お前は俺の命令で動いてるだけなんだ。くれぐれも間違えるなよ？」

「まあ、そうだな、ヒロシくんの手術が終わったら、関係者みんなに一連の報告と俺の判断で勝手に動いたことを詫びるよ」

「幸いにも月曜日は25日。クリスマスだ。しっかりサンタさんの役目をぴろしと内山にやらせろよ」


これらのやりとりは、私が当時を知る関係者に直接聞いた話とメールの内容を要約してまとめています。が、ほぼ正確なやりとりです。

この事実を知ったときに。私は絶句しました。

そうだ。あんなにも簡単に、発売前のゲームソフトを外部に持ち出せるはずがないんだ……。10年前は文字どおり、バタバタしていて考えもしなかったけど。こうやって私の知らないところで議論がなされ、誰かが判断して決行したから実現できたことだったんだ。

それをやったのが、サワダさんだったんだ！

なんだよ、あの人。普段、俺と絡むときはめっちゃ口の悪いおじさんのくせに。くそ、めちゃくちゃカッコイイおじさんじゃねーか!?

心の中でそう認めつつ、私は静かに決意しました。

〝もうひとり、会って話をしなきゃいけない人間ができちゃったな〟

調査を終えて事実を知った私は改めてリオPに連絡し、現在のサワダさんの連絡先と居場所を確認して、会いに行くことにしました。

✚人はそれをハードボイルドと呼ぶんだぜ

リオPに教えてもらったサワダさんの携帯番号に電話をかける。

プルルルルルルル……ピッ**「サワダです」**

お、出た！　この声、サワダさんだ。こうやって話すのも数年ぶりだけど相変わらず暗い声だなあ、と思いつつ、「大変ご無沙汰しております。サイバーコネクトツーの松山です」と伝えると。

「……………………そんな人は知りません」

これだよ(笑)。まったくこの人だけは、もー！

「ちょっと！　もう、そういうのいいから！　いや、サワダさんに用があって電話してんですよ。覚えてるでしょ？　ちゃんと、私のこと。ちなみにサワダさんってバンダイナムコ退職されて、いまは何をやられてるんですか？」と聞くと、**「なんでもいーじゃん」**と返ってくる。

ホントになんなんだ、この人は。俺にだけこういう対応してんのか？　みんなにこういう感じなのか？　まあ、そこはいまはどうでもいいか。

「いやいや、ちょっと！　話聞いて！　つか、会いたいんですけど、サワダさん。いまどこですか？　会いに行くから場所教えてくださいよ」

そうすると**「来なくていいよ」**と返ってくる。**あー、面倒くさい。**そう思いながらも何度かやりとりをくり返したのちに、ようやくサワダさんも観念したのか居場所を口にし始めました。どうやら東中野にいるらしい。東京都内だ。うん、意外と近い。で？　東中野で何やってるんスか？　と尋ねると。

「……………パン屋」

って、噂はマジだったのかよっ!?　ホントにパン屋さんやってんの？　バンダイナムコ辞めて？　なにそれ？　意味わかんねえ。10年以上もバンダイナムコに勤めて、そのノウハウがまったく活かせない仕事してんじゃん!?　なんだよ、それ。ホントに不思議な人だな。

まあ、いいや、とにかく東中野に行くよ。なに？　パン屋さんって朝早いんだよね？　何時までやってるの？　19時？　じゃ、昼間は時間取れる？　休憩時間とかあるでしょ？　え？　ひとりでパン焼いてるから暇な時間はない？　いやいや、少しくらいあるでしょーが。え？　無理？来なくていい？　もうー、ホントに面倒くさいな、この人。もう、いいよ、勝手に行くよ、これから。そんなに長居もしないし、お店の邪魔はしないから！　じゃあね！　のちほど！

なかば一方的にこちらの意向を伝えて電話を切り、東中野に向かいました。

東中野の駅から徒歩2分。すぐ近くにそのお店はありました。

【澤田珈琲】

ほほう。珈琲のお店でパンを焼いて出している感じか。なかなかオシャレなお店だ。中に入ると、「いらっしゃいませー」とパートの従業員がひとり。そして、**奥に見える厨房の中にサワダさんがいました**。コック帽をかぶって、パンをこねてオーブンに入れて、確かに忙しそうにしている。

ホントにパン屋さんやってるんだな。幸いにもちょうど14時くらいだったので、お客様は他に誰もいない。いまのうちに話をしよう。そう思って、サワダさんに声をかけました。

「こんちわ。ご無沙汰してます、サワダさん」

「何しに来たんだよ。来るなって言ったろ?」

「いやいや。あ! ちゃんとパン買って帰るからね。客だよ、客。スタッフへのお土産にパン買って帰るからさ、俺、お客さんだから!」

「うるせーな。じゃあ、さっさと買って帰れよ」

相変わらずのこの調子だ。よく見ると、店内にイートインのスペースがある。お昼ご飯も食べてなかったのでここで食べていこう。と、せっかくなのでパンを食べてみたら、まあ、うまい! ホントにひとつひとつ、丁寧に焼いて出してるんだなあ、と感心しつつ。奥にいるサワダさんに雑談がてら話しかけました。

「パン屋っていつからやってんの？　つか、バンダイナムコにいたときはそんな技術あったわけないよね？　どっかで修行とかしたの？」

「うるせえな」

「いやいや、それくらいいーじゃん。どれくらい修業したの？」

「3日」

うん、だめだ。この人とまともな会話はできねーな。そろそろ本題に入るか。

パンを食べ終え、厨房の入口に立って、サワダさんに10年前のヒロシくんのことを話しました。

私自身何も知らず、サワダさんが裏で動いてくれたことをリオPから聞かされて、ここにやってきたこと。**そして、いまさらながら感謝の気持ちを伝えました。**

すると、サワダさんはひと言。

「そんな昔のことは覚えてねーな」

って、あれだ、こういう人のことを**ハードボイルド**っていうのかな。いや、そんなかっこいい感じでもないか。ホントに素直じゃねーな、この人。

それからヒロシくんの近況、いまは奥様も子どももいて宮城県で生活していること、家族元気に暮らしていることなどを伝えました。まあ、それでもサワダさんは無言で、パン生地をこねてはオーブンに入れてをくり返すだけでしたが……。

1時間くらいサワダさんがパンを作るのを眺めながら雑談して、スタッフへのお土産のパンも購入して。そろそろ帰ります、というタイミングで「じゃ、サワダさん。また来ますね」と言うと、返ってきたのは**「もう、来なくていーよ」**。

うん、もう、慣れた。このやりとり。

しかし、私は聞き逃しませんでしたよ。お店のドアをカランコロンと開けて出ていこうとしたそのとき、サワダさんは小さくこうつぶやいたのです。

「ヒロシくん、よかったな」

こんにゃろう。どんだけ**ハードボイルドなパン屋さん**なんだよ。

第6章【エンターテインメント（ゲーム）にできること】

✚わんぱくな少年時代を経て

東京で関係者の事前確認を終え、再び宮城県のヒロシくんのもとへ。

お母さんである里洋さんとヒロシくんと弟の翔くんの3人家族での生活はどんなものだったのか？　ヒロシくんは左目だけでどういう学生生活を送っていたのか？　改めて話を聞きました。

「別に全然フツーに生活してましたよ」

と、あっけらかんと答えるヒロシくん。え、そうなの？　東京の国立がんセンターで放射線治療をして、その後はとくに問題なかったの？　そういうものなの？　と聞くと。

「はい。もちろん、検診のために定期的に国立がんセンターに通うことにはなりました。けど、最初は2ヵ月に1回。やがてそれが3ヵ月に1回、半年に1回とだんだんスパンが長くなって。この病気自体、再発率が非常に高いので最初は頻繁に検査に行っていたのですが、そのたびにとくに問題なしと判断されて、途中からは年に1回だけ東京に行って診

てもらうって感じでした」

「がんっていうのは〝5年説〟というのがありまして。5年以内に再発しなければ、それはもう固定化ができていて再発はしないんじゃないか、っていう説ですね。小学校の高学年だともう完全に5年以上経っていましたので。ある意味、安心して生活していたというか」

「右目はもちろん義眼ですよ？　けど、義眼って精巧にできていて、パッと見る限りではそれが義眼であるとは周りの人にはわからないんですね。まあ、仲のいい友達には目のことを話してましたが、周りの人みんなにわざわざ言うことはしなかったですね。ただ、小学生のころですから。周りでちょっと気づき始めた人からはからかわれて、右目の死角の反応できないところからちょっかい出されたりもしましたね。けど、そんなときは右目の義眼を取りだして見せたりしてました。みんな驚いてましたけど」

わ、わんぱくだなあ、ヒロシくん。頼もしさすら感じるぜ。

「不思議なことに、残った左目の視力が異常によかったんですよ。教室の後ろの席からでも黒板の文字がハッキリと見えました。人間、何かを失うとそれを別の部分が補うようにできているのかもしれませんね」

ヒロシくんはほかの健常者の子たちに混じって、何不自由なく同じように生活していたようです。友人と普通に遊んで、ゲームして、アニメを観て。

好きだったアニメは、『ドラゴンボールZ』、『幽遊白書』、『機動武闘伝 Gガンダム』、『鎧伝サムライトルーパー』（なるほど、このころの作品か）。

最初に遊んだゲームソフトは、ファミコンの『マリオブラザーズ』。そして、『ドラゴンクエスト』を遊んで、スーパーファミコンやゲームボーイへと行き、弟の翔くんが小学校に上がってからは一緒にニンテンドウ64で『マリオカート64』や『ニンテンドウオールスター！ 大乱闘スマッシュブラザーズ』、『ゴールデンアイ007』などを遊んでいたそう（うーん、なかなかのゲーマーだなあ。いい趣味してるよ）。

ヒロシくんが中学生から高校生となり、弟の翔くんが小学校に通い出すと、お母さんの里洋さんは**〝もうふたりでお留守番もできるだろう〟**と判断して、夜、働くことを決めました。里洋さんが働いている間、寂しい思いをさせないためにと子どもたちにゲームソフトを与えてくれたようです。ヒロシくんは**「母がいないのをいいことに、弟と一緒にゲームでめっちゃ遊びまくってましたね」**と笑いながら話してくれました。

やがて、ヒロシくんは高校を卒業し、就職して働き始めました。それからわずか1年足らず。ヒロシくんが19歳になった直後に、**異変は起きました。**

仕事が終わって夜遅く、お風呂で疲れて寝てしまい、ふと起きると**左目の中にアメーバのようなドロッとしたもの**が見えました。どうやら目の中に出血があったようです。ヒロシくんはすぐにお母さんに相談して、地元の病院へ。その病院では、「出血してるけど大丈夫」みたいな診断が下されました。が、**里洋さんは過去の経験からそれを信じませんでした。**

再び、東京の国立がんセンターへ。

そうして診断された結果は、〝がんの再発〟でした。

ヒロシくんが言っていたように、5年以内の再発ではなく、1歳から19歳まで、その間じつに18年。これだけの年月を経て再発するのは珍しいことでした。

「新しいがんが見つかった、というならまた別ですが……。こんなにも時間を空けて再発するっていうのは納得がいかなくて、悔しかったですね」とヒロシくん。

国立がんセンターの医師の間でも、診断とその後の選択肢に関しては意見が分かれたといいます。**〝時間をかけてでも治療法を見つけて施術するべきだ〟**という意見と、**〝再発した以上は命にかかわる、いますぐ左目も摘出するべきだ〟**という意見と。

当然ながらヒロシくんは、**「どうしても左目は取りたくありません！　治療を続けてください」**と伝えました。もちろん患者の意思が尊重され、ヒロシくんの左目は継続して治療が行われることとなったのです。

✚『マリオ』でも『ゼルダ』でも『FF』でも『ドラクエ』でもなく

それからのヒロシくんは、入院して点滴による**抗がん剤治療**を受けることになりました。

抗がん剤とは文字どおり、がんを抑えつける薬。しかし、がんを攻撃するその薬は、がんだけをやっつけてくれるわけではありません。**身体の中のいい細胞までも攻撃してしまうのです。**抗がん剤の投与が始まると、全身にけだるさがあり、吐き気をもよおし、身体の痺れが多発し、何を食べても吐いてしまう。立ってもすぐに倒れるほどの立ちくらみ、つねに世界がぐるぐると回っているような意識状態が続きました。

投与を始めてから1週間ぐらいで、髪の毛もバッサリ抜け落ちたといいます。

しかし、それだけ強い薬ということもあって、肝心のがん腫瘍は1ヵ月くらいで小さくなりました。医師も〝**効果あり！**〟と診断し、ヒロシくんも家族も喜んだのですが……。

それから6ヵ月ほどが経過して、だんだんと抗がん剤の効果が薄くなってきました。理由は、ヒロシくんの肉体がまだ若い健康状態だったことと、ある意味、人体の神秘的なまでの強さゆえでしょうか。抗がん剤そのものに対する耐性がついて、ヒロシくん自身も以前ほどのけだるさを感じなくなってきていたのです。そしてその分、がんに対する効果も薄まったのでした。

時間の経過とともに、左目の視力も徐々に落ちてきました。文字が読みにくくなって、物がぼんやりと滲んで見えるようになってきたのです。

決め手が欲しい！

そう思ったヒロシくんは、**冷凍凝固**（＊05）という治療法で全身を麻酔したのち、目を冷やす方法を試しました。

また、**眼道注**（＊06）という方法も試みました。これは目に直接抗がん剤を注入する治療法です。

このふたつを半年間で3回ずつ行いました。これらの治療法はやるごとに効果があり、腫瘍はどんどん小さくなって動きを止めるようになってきました。しかし、効果がある分、身体には大きな負担がかかります。逆に言うと、治療をすると効果があって目も見えるようになりますが、治療を止めるとまた目が見えにくくなってしまうのです。また、これらの治療を続けるリスクのひとつに、**白内障**（＊07）や**緑内障**（＊08）を併発してしまう恐れもありました。

治療を始めてからおよそ2年の月日が流れ、2006年11月。国立がんセンター。

「ヒロシくん。さすがにもう限界だよ。もう治療法もない。これ以上は身体に負担をかけるだけで効果もないよ。もう左目はあきらめて命を優先させよう。摘出しよう」

医者からそう告げられたヒロシくんは、**「待ってください！　もう少し猶予をください。時間が欲しいです」**と手術の日を少しでも遅らせようとしました。

ヒロシくんは闘病を続けるベッドの上で、もう視力も随分と落ちてきているにも関わらず、アニメやゲームにハマっていました。**つらい病気と闘う現実から逃れるように……。少しでも嫌なことを忘れさせてくれるアニメやゲームに夢中になったのでした。**

この時点では、医者もヒロシくんに対して「あまり目に負担をかけないように」とは言わなくなっていました。ひょっとしたら、残された時間を好きなことに費やしてほしいと思ってくれていたのかもしれません。

そんなときに、ヒロシくんは1本のゲームソフトと出会いました。**『.hack//G.U.』**です。このゲームは、架空のオンラインゲーム『The World』が舞台になっていて、そこで遊ぶプレイヤーはみんなFMD（フェイスマウントディスプレイ）というゴーグルを頭部に装着しているという設定でした。**FMDを装着してゲームをプレイすると、まるで自分がその世界にいるかのような臨場感が体験できる、という設定です。**

ヒロシくんは、『.hack//G.U.』をプレイしながら考えました。

「僕の目はこのまま見えなくなるのかな。左目も摘出してしまうことになるのかな。このままゲームも遊べなくなってしまうんだろうか」

「そういえば、この『.hack//G.U.』の登場人物たちはどうやってプレイしているんだろう。

ゴーグルをつけて遊ぶっていう設定だけど。『The World』にログイン・ログアウトするときは、人の意識ってどうなっているんだろう？　このSFのようなテクノロジーがいつか実現したら、盲目になった人でもゲームの中に入り込んで、またみんなと一緒に遊べるようになるのかな……」

ヒロシくんのその言葉を聞いて、私はあることを思い出していました。

10年前。あの忘れることのできないクリスマスの1日。揺れる地下鉄の中。隣に座ったリオPの言葉……。

〝いい？　松山さん。今回のこれは、特殊で特別なこと。だって、世の中にはもっと美しいもの、素敵なこと、いっぱいあるんだよ？　きれいな景色や美しい空、雲、海、川、山、夕日、朝日、満天の星空……。もっともっと見るべきもの、見たいものはあるはずなんだよ！　それをさあ、よりにもよって我々が作ったゲームソフトを選ぶなんて。『マリオ』でも『ゼルダ』でも『FF』でも『ドラクエ』でもなくさ、『.hack//G.U.』って！　松山さん、これはね、〝日本ゲーム大賞〟を獲るよりもすごいことだよ？〟

そうだ。

ヒロシくんがなぜ、『マリオ』でも『ゼルダ』でも『FF』でも『ドラクエ』でもなく、『.hack//G.U.』を選んだのか――?

その答えを聞いたような気がしたのです。

そうして、ヒロシくんはハッキリと言葉にしてくれました。

「はい、そうです。怖かったんです。ベッドの上でゲームを遊びながらも、やがて自分の目が見えなくなってしまうことが……。けど、少しずつ受け入れなきゃいけなかったんです。それを。現実として……。だから夢を見たんです。このゲームソフトの中に」

「……『.hack//G.U.』に……………」

✚この本を出版するにあたって出したふたつの条件

それからほどなくして、ヒロシくんは2007年1月9日に手術を受け、左目を摘出することを決めました。手術まで3週間ちょっと。ヒロシくんはお母さんにお願いして、好きなものを食べさせてもらいました。東京では焼肉や餃子。北海道では海の幸やラーメン。仲のいい友人にも会いに行きました。友人はヒロシくんをドライブ旅行に連れて行ってくれました。東京でも、通院がてらいろいろな場所を観光して回りました。秋葉原、中野ブロードウェイ、お台場、池袋のサンシャインビル。

残された限りある時間の中で、できることを最大限に楽しみつつも。

ヒロシくんは、〝がんの子どもを守る会〟のコミュニケーションルームで、自分と同じように国立がんセンターに通っている年上のお兄さんにもらしました。**残された3週間の中で、本当はやりたいことがあるということを。それはたぶん、無理なことなんだけど。でも、もし、叶えてもらうことができたらうれしいなあ、と……。**

その話を間接的に耳にしたソーシャルワーカーの樋口さんがバンダイナムコゲームスに宛てて

メールを書いたところから、この物語は始まったのでした。

今回、この本を書くにあたって、さまざまな人に取材をして私自身初めて知ったことがたくさんありました。

ヒロシくんが赤ん坊のときに発症した**〝網膜芽細胞腫〟**という病気は、網膜に発生する悪性腫瘍で**乳幼児に多い病気**だといわれています。**出生児の15000人から16000人にひとりの割合で発症しています（日本では年間70人から90人）**。

網膜に腫瘍ができると、視力が低下します。が、乳幼児はまだ物が見える・見えないという状態がよくわかっていませんし、それを自分の意思で親に伝えることもできません。よって、発見されたときにはすでに病状が進行してしまっている場合が少なくありません。

ある程度まで病状が進行すると、光が腫瘍に反射して夜の猫の目のように白く光って見えたり、左右の眼球の向きが合わない状態（いわゆる斜視）になったりします。ヒロシくんのケースは前者ですね。

そういった症状に気づいた家族が病院に連れて行き、初めて診断され発覚します。
発症する子どもの95％が、5歳までの間に診断されるといわれています。

早く発見され、治療が行われれば命に関わることは少ないといいますが、この場合の治療には〝眼球摘出〟も含まれます。確かに命は助かるかもしれませんが、それと引き換えに光を失う。とんでもなく残酷な選択だと私は思います。

この本を出版するにあたって、私が発行元であるＧｚブレインに出した条件がふたつあります。

ひとつは、本の売り上げの一部を〝がんの子どもを守る会〟への寄付に回していただくということ。ヒロシくんのような子どもを少しでも助けてあげられるように、とお願いしました。

ふたつめは、この本を出版する際に紙の本だけでなく、電子書籍でも出版していただくということ。ヒロシくんのように目の見えない人たちは紙の本を読むことができません。電子書籍であれば、音声で読み上げてくれるアプリなどを使って内容を知ることができる。ヒロシくんたちに届けることができるのです。

これらふたつの条件をGzブレインは快諾してくれました。

あとは、ひとりでも多くの方にこの本を読んで(聞いて)いただけることを願います。

とくに、私のようにゲーム業界で働く人たちや、漫画・アニメ・映画といったエンターテインメント業界で闘っている方々に。

我々が普段やっている仕事や、それによって生み出される作品というのは、生きていくために不可欠ってわけじゃあない。所詮は娯楽。ただの暇つぶしなのかもしれません。

けどね。そんな暇つぶしを。たかが娯楽を。ただの作品というものを、かけがえのない時間を使って求めて、楽しんでくれている人が必ずいるのです。我々にとっては〝その瞬間のお仕事〟かもしれませんが。その誰かにとっては、**何物にも代えられない唯一無二の〝生きる希望〟**だったりするのです。

今回の取材を通して、そのことをヒロシくんや家族の皆さんから改めて教わった気がします。

じつは執筆をしながら、何度も言いまわしを修正したり、順番を入れ替えたりと、かなり悩みました。病気のことを調べれば調べるほど暗い気持ちにもなりかけましたが、そのたびに考えなおしたのです。**10年前のあの日を思い出したときに、自分が〝誰かに伝えたい〟って思ったのはそういうことじゃあない。**

ただ悲劇を伝えるのじゃなくて。このエンターテインメントの世界で、ごくごく身近なところで起きた**〝うれしい出来事〟**として、明るく楽しく伝えさせていただいてきたつもりです。ヒロシくんたちもきっと、そう望んでくれていると信じて。

いいですか？　皆さん。

改めて言葉にします。

エンターテインメントは誰かのための生きる勇気になるのです。

生きる力になるのです。

あとがき

皆さんは、「あなたは3週間後に目が見えなくなります。残された時間をどう過ごしたいですか？」と聞かれて、何と答えますか？

私はやっぱり、恐ろしくて答えられません。人によっては、怖すぎて死を選ぶこともあるのかもしれません。それぐらい視力を失うというのは恐ろしいことだと思います。

でも、もし仮にそんなことがあったとしたら？　3週間後、本当に視力を失ってしまうとしたら……。

そのとき、「ゲームソフトを遊びたい！」と言えるでしょうか？

いまも家族で仲よく暮らして、娘を大事に育てているヒロシくんたちの笑顔を思い出すと、何が幸せなのかは人それぞれであるとも思います。広い世の中には、生まれながらにしてもっと困難なハンデを背負っている人だっていることでしょう。

やはり私には答えが出せません。

それでも、私はゲームクリエイターです。モノ作りの人生を選んだクリエイターのひとりです。これからも、世の中において必ずしも必要とされていないかもしれない作品を作り続けます。

それがきっと、誰かの勇気や生きる希望になることを願って。

それがきっと、誰かの心をそっと癒す〝薬〟になることを願って。

本書は、私自身が実際に見て、体験してきたことを10年前まで遡り、改めて取材した事実をもとに書かれた**ある少年の物語**です。この一連の物語を通じて、我々は逆に少年から大きな勇気をもらいました。モノ作りをしながら生きていく日々の希望をもらいました。

この奇妙で運命的な出会いに、心から感謝します。また、本書を出版するにあたって協力いただいた藤原洋くんをはじめとした家族の皆様と、すべての関係者の皆様に感謝します。本当にありがとうございました。

最後に、ヒロシくんと奥様の幸恵さんに聞いた話をご紹介します。

ヒロシくんと幸恵さんはお互いの顔も知らない状態で出会い、お互いに惹かれあってともに生きていくことを決めたんだよね？　それはお互いのどういう部分に惹かれたんだろ？

そんな私の問いに、ふたりはこう答えてくれました。

「うーん、じつはお互いの顔も知らずにつき合い、結婚したことに関しては、ふたりの間でも〝なんか不思議だね〟ってよく話すんですよ。たぶん、目に見えない部分……〝それ以外のところ〟に惹かれあってこうなったんだろうねって」

「あとは、お互いの親が離婚していて片親どうしだったので……。娘が生まれたときにはふたりで、〝絶対に離婚しないと誓おう。娘のためにも〟って話しました」

こういう聞きかたは変かもしれないけど。周りの人たちは娘である結愛ちゃんを見て〝かわいいー〟って言うよね。それをいつも聞いていて、やっぱり自分たちも自分の娘の顔を見たいって思うことはない？　悔しい気持ちとかにならない？

「うーん、あんまり思わないですね。結愛のことを〝かわいいー〟って言われたら、〝当然でしょ！〟って思ってますし。僕らは見えないなりに、結愛に直接触れて想像してる。だから、ほっぺたをいっぱい触ったりしてるんです」

もし、いま、目が見えるとしたら？　何をしたい？　やっぱり娘の顔が見たい？

この問いに対して返ってきた答えは、**〝娘の顔を見たい〟**でも**〝夫婦のお互いの顔を見たい〟**でも、**〝きれいな景色を見たい〟**でもありませんでした。

「うーん、そうだなあ、これといってとくにないけど。ああ、結愛がいま見ている世界や、これから見ていく世界を僕らもちょっとだけ見てみたいかな」

ヒロシくんと幸恵さんはそう答えて、ニッコリ笑いました。

――彼らにはきっと、光あふれる世界が待っている。

●2017年春、藤原宅前にて

追伸

取材をすべて終え、本書の原稿を書き終えたあと、再びヒロシくんの家を訪問してきました。『.hack//G.U. Last Recode』の『Vol.4』のエピソードを観て（聞いて）もらうため。ヒロシくん、すごく喜んでくれましたよ。

■本文注釈

＊01 **『.hack//G.U.』**

2006年から2007年にかけて、全3巻でバンダイナムコゲームスから発売されたプレイステーション2専用ゲームソフト。ジャンルはアクションRPG。
『.hack//G.U. Vol.1 再誕』（2006年5月18日発売）
『.hack//G.U. Vol.2 君想フ声』（2006年9月28日発売）
『.hack//G.U. Vol.3 歩くような速さで』（2007年1月18日発売）
【あらすじ】
架空のオンラインゲーム『The World』は、世界で1200万人のプレイヤー数を誇るMMORPG。主人公ハセヲはかつてのギルドメンバーだった志乃をPK（プレイヤーキル）し、意識不明にした犯人である〝三爪痕（トライエッジ）〟と呼ばれる謎のPC（プレイヤーキャラ）を追い求めていた。やがて力を身につけ、多くのプレイヤーから〝死の恐怖〟と恐れられるようになったハセヲはついに〝三爪痕〟を追い詰めるが、逆にデータドレインされてレベル1に戻されてしまう。ハセヲの復讐はここから始まる。

＊02 **公益財団法人がんの子どもを守る会（のぞみ財団）**

がんの子どもを守る会は、1968年10月に小児がんで子どもを亡くした親たちによって、小児がんが治る病気になってほしい、また小児がんの子どもを持つ親を支援しようという趣旨のもと設立され、子どもの難病である小児がんに関する知識の普及、相談、調査・研究、支援、宿泊施設の運営、その他の事業を行い、社会福祉及び国民保健の向上に寄与することを目的としています

支援をお考えの方

がんの子どもを守る会が行う小児がんに関するさまざまなサポートは、長期的に継続されることで、小児がん患児・家族の安心につながります。皆さまからのご寄付は小児がん患児・家族のための取り組みに広く活用させていただきます。ご

協力をお願いします。
【寄付用郵便振替口座】
口座番号：00190-5-102394
加入者名：公益財団法人がんの子どもを守る会　http://www.ccaj-found.or.jp/support.html

がんの子どもを守る会のおもな取り組み
■療養援助事業……療養に伴う経済的負担の軽減。
■相談事業……専任のソーシャルワーカーが小児がんに関する相談に応じます。
■治療研究事業……小児がん医療向上のための研究に役立てます。
■地域での活動……各地域の実情に合わせた小児がん支援。

本部事務局　〒111-0053　東京都台東区浅草橋1-3-12　☎：03-5825-6311(代表)
大阪事務所　〒541-0057　大阪府大阪市中央区北久宝寺町2-3-1　☎：06-6263-1333(代表)

＊03　『.hack//G.U. Last Recode』
2006年より展開されたプレイステーション2専用ゲームソフト『.hack//G.U.』全3巻をHDリマスターし、さらに新エピソードである『Vol.4 あるいは世界を紡ぐ蛇たちの見る夢』を収録した作品。『.hack』シリーズ15周年記念作品として開発された。
ジャンル：アクションRPG　機種：プレイステーション4／Steam　発売元：バンダイナムコエンターテインメント
開発：サイバーコネクトツー　発売日：2017年11月1日

＊04　**プラットフォーマー**
ゲームソフトをプレイできる環境としてのプラットフォーム(ゲーム機)を提供する事業者のこと。家庭用ゲーム機のプラットフォーマーとしては、任天堂、ソニー・インタラクティブエンタテインメント、マイクロソフトなどが挙げられる。

＊05 **冷凍凝固**
マイナス80℃くらいまで冷却した器具を眼球の外からあてて、腫瘍を凍らせて破壊する治療法。結膜の上からあてますが、結膜を切開する場合もあります。厚みが3㎜程度までの周辺部の腫瘍に行う治療法。合併症として、結膜の充血や浮腫、眼底出血の恐れがあります。

＊06 **眼動注**
バルーンカテーテルという特殊な管を脚の付け根の血管から入れて、眼球に流れる眼動脈だけに選択的に抗がん剤を注入する治療法。抗がん剤の量を少なくしつつ、眼球へは高濃度の抗がん剤を流すことができるため、全身の副作用が少なく、治療効果が期待できるといいます。全身麻酔で、2時間程度かかり、たいていは1ヵ月ごとに3回以上くり返します。副作用として、一時的な吐き気、脚の血の巡りが悪くなるなどがあります。また、血管の異常があるとできない場合があるといいます。

＊07 **白内障**
白内障とは、眼の中のレンズの役割をする水晶体が濁ってしまう病気です。白内障は、加齢に伴って発生する場合がもっとも一般的で、早ければ40歳から発症し、80歳を超えるとほとんどの人が何等かの白内障の状態にあるといわれています。白内障は、放置さえしなければ基本的には失明する病気ではありません。しかし一度発症すると、薬では治りません。薬剤は、白内障が発生するまえに予防をするか、発症した初期に抑制することができますが、最終的には手術をする以外の方法はありません。

＊08 **緑内障**
緑内障とは、目から入ってきた情報を脳に伝達する視神経という器官に障害が起こり、視野が狭くなる病気のこと。治療が遅れると失明に至ることもあります。症状は、少しずつ見える範囲が狭くなっていきます。しかし、その進行は非常にゆっくりで、両方の目の症状が同時に進行することは稀なので、病気がかなり進行するまで自覚症状はほとんどありません。

エンターテインメントという薬
―光を失う少年にゲームクリエイターが届けたもの―

2017年11月1日　第1刷発行

著者　**松山洋**

発行人　**浜村弘一**

編集人/編集長　**林克彦**

監修　**大塚英行**

編集　**江野本陽子**

デザイン　**岩井国夫**

装丁イラスト　**星樹(サイバーコネクトツー)**

発行　**株式会社Gzブレイン**
〒104-8457　東京都中央区築地1-13-1　銀座松竹スクエア
電話 0570-060-555(ナビダイヤル)
http://gzbrain.jp/

発売　**株式会社KADOKAWA**
〒102-8177　東京都千代田区富士見2-13-3
http://www.kadokawa.co.jp/

印刷　**大日本印刷株式会社**

■本書の内容・不良交換についてのお問い合わせ
エンターブレインカスタマーサポート
[電　話] 0570-060-555(受付時間は土日祝日を除く12:00 ～ 17:00)
[メール] support@ml.enterbrain.co.jp(書籍名をご明記ください)
※記述・収録内容を超えるご質問にはお答えできない場合があります。
※サポートは日本国内に限らせていただきます。

ISBN 978-4-04-733290-4　C0095

Printed in JAPAN